青少年叢書 2

阿公帶我飛

何元亨 著

博客思出版社

〈推薦序〉奇幻的旅程

文學創作充滿了無限的想像與創意，創作者必須堅持寫作的熱情，對社會的關愛，對故鄉及大自然的眷戀。

元亨是我研究所在職專班的學生，全班只有他在小學服務，但他對於文學的熱愛並不亞於一般選擇就讀中文系所的學生。這些年，元亨主持校務工作，熱真負責，閒暇之餘仍不忘持續寫作，值得鼓勵。

看完《阿公帶我飛》這本書，勾起我童年深沉的記憶，元亨和我都擁有繽紛的童年生活，書中所寫的人事物似曾相識。記得兒時，我也曾在稻田間嬉戲，跟著母親到菜園裡種菜，也有聽過鬼屋的傳說，每一篇故事都像在敘述我的童年生活。

書中的主角在夢境裡，見到未曾謀面的阿公，已經過世許久的阿公出現在主角面前，讓他驚訝萬分！阿公帶著他飛上天空，鳥瞰故鄉的景物，不只是鳥瞰而已，還會飛到地面上，述說景物的人文與歷史故事。先民的生活經驗所創造的智慧與知識，很難從教科書裡具體的學習，只有親身體驗，才能感受先民生活的困頓，也才能深愛生活的土地。

祖孫間的互動從陌生到熟悉，阿公娓娓的道出在這片土地的生活經驗，在互動過程中，深化了祖孫間的親情，也讓後代子孫更了解土地的故事，很高興推薦本書，期盼所有的讀者閱讀後，再次行腳生活的土地，更熱愛這片屬於我們的土地。

國立臺灣師範大學國文系所　許俊雅　教授

〈推薦序〉夢旋故鄉土

在陌生的城市生根，故鄉，在那遙遠的地方；在那夢中咫尺的國度裡。離鄉久了，便不自主的將自己當成異鄉人，原本熟悉的故鄉愈來愈覺得陌生；繫住故鄉的情感線卻愈來愈牢固。

故鄉的景物或許變了，唯一不變的是鄉土的呼喚，對故鄉的眷戀是異鄉遊子永遠的專利。我是翱翔在天空的風箏，故鄉是拉扯風箏的線，父母是緊握住線的雙手。風箏飛得愈高，雙手愈握愈緊；等風箏飛累了，再慢慢把線收回來。我常想：風箏累了，可以休息，如果雙手累了，風箏就只能隨風而逝。

小弟新作《阿公帶我飛》一書，有我曾經走過的足跡，熟悉的故鄉場景，熟悉的故鄉人事物。本書所寫的故事都是我和小弟的記憶，經過小弟夢幻浪漫的轉化後，故事更動人了，但是很遺憾，有些景物因人為破壞早已不存在，阿公的形象寫得更是活靈活現，我們的阿公經歷日治和國民政府時代。不過，小弟似乎也揉合了我們父親的形象，尤其是寫到阿嬤的形象，更像極了我們的母親。

我和小弟分別在不同的教育場域服務，小弟閒餘喜歡寫作，舉凡詩、散文、小說、評論、故事等作品種類多元，也分別在各報刊發表，很開心為小弟新書寫序，推薦給所有的讀者。

臺北醫學大學醫學檢驗暨生物技術學系所　何元順　教授

〈推薦序〉老頑童赤子心

第一次和元亨校長碰面，他在教育局協辦生命教育系列活動，我獲邀擔任演講者。第二次碰面是在興穀國小，他在那兒當校長，我在那兒負責學童的口腔衛教工作。第二次碰面前，偶爾在國語日報閱讀他寫的故事，非常生動有趣，讓我印象深刻。元亨校長在學校辦了許多活動，他甚至裝扮成「花媽」的樣子，為孩子說故事，不僅會寫故事，還會說故事，保有純真的赤子心。

讀過《阿公帶我飛》這本書後，我更確定元亨校長真的是老頑童。本書寫的是他故鄉的人事物，他是書中的主角，正要升上小學六年級的孫子，也是過世許久的阿公，在兩個腳色間互相游移轉換。孫子對故鄉的好奇與疑問，有時俏皮的提問，偶爾耍賴的撒嬌，阿公呵護孫子的真情流露，深入淺出的介紹。祖孫間的互動更是親密，值得讚賞。

這些年，我致力環境保護工作，內心總期盼我們的後代子孫可以享受大自然，也持續呼籲人們，減少人為破壞，保護我們的生活環境。元亨校長告訴我，他書中的景物，有些因人為開發早已消失無蹤，例如教堂、鬼屋和三合院早已改建成新的建築物，連公學校日式的平房，也僅僅保留下柱子，全改建成新穎的教室。我相信熱愛土地的人們，會因環境遭破壞而感到難過與無奈。我推薦本書給所有讀者，在享受閱讀樂趣外，更要喚醒沉藏在內心深處對土地的熱愛。

名作家&環保志工　李偉文　牙醫師

〈自序〉永遠的故鄉

故鄉的想像有多遙遠啊！時間的流逝，空間的變化，人物的消逝，景物的變遷，改變了我對故鄉的想像。

在外飄泊久了，我一直在尋找故鄉的真實感，特別是童年的回憶。我總想著透過文字去追尋深藏在內心屬於故鄉的記憶，這本書，書寫我對故鄉的深刻記憶，為了要讓更多的孩子，可以從認識我的故鄉開始，進而引導孩子學習認識自己生活的家鄉。

在急遽變遷的社會裡，家庭教育功能確實有些退化，特別是祖孫之間的關係，可能僅停留在好像是「親人」的認知。爺爺和奶奶為了順利和孫子女溝通，要努力學習和孫子女共同的語言，這樣的語言危機，造成母語學習的困境，間接造成文化的傳承危機。

我們必須正視家庭教育功能漸漸的流失，被學校、安親班及3C產品所取代，甚至導致孩子對自己家鄉的認同混淆。我要努力的書寫，要給孩子一些屬於家鄉的文字記錄，卻也考慮不能太過於生硬呆板，因而我以變成神仙的阿公和孫子遨遊天空，從空中看見自己的家鄉，了解家鄉的人文歷史等典故，希望可以引導孩子和爺爺及奶奶透過「說故事」的互動，增進祖孫間的親密關係。

期盼祖孫天倫一代傳一代，故鄉記憶永流傳。

何元亨　寫于三重埔

阿公帶我飛

目錄

一場夢

暑假到了，我好高興又可以回到阿嬤的家，記得小時候，我就在阿嬤家生活，一直到國小一年級，才回到臺北。過了暑假，我就要升上六年級了。

我喜歡到阿嬤家玩，不必去上討厭的安親班；

不必忍受汽機車的噪音和空氣汙染。阿嬤的家是課本上才看得到的三合院：三合院周圍都是稻田，前面是一條小路，後面是菜園和養雞場。不過，我唯一不習慣的是阿嬤家沒有電腦和網路，我不能隨時上網玩遊戲，也要暫時離開臺北的同學。

颱風過後的下午，微弱的陽光灑進庭院裡，我閒在家裡發慌，阿嬤蹲在廚房撿菜，我躺在沙發上看卡通，微微的涼風吹進屋裡來，正盤算著等颱風過後，要到已收割完成的稻田裡抓青蛙，想著想著便昏沉沉的睡著了。

睡夢中彷彿聽到阿嬤在廚房忙碌的腳步聲，一會兒，夢中出現了一位老人，和掛在牆上阿公的大頭照長得很像，只是老人的鬍子好長而且都變白了。像極了阿嬤喜歡看的歌仔戲裡面的大臣，我也不確定他是不是阿公？因為阿嬤說我出生前，阿公就去世了，一直都沒有機會和阿公碰面。正當我想開口叫阿嬤時。

老人開口了：「憨孫仔，我是你的阿公，你長這麼大了，好像你爸爸小時候啊。」

「阿公？阿……公，你真的是我阿公？」我張開嘴不敢相信。

「你看牆壁上的相片。」阿公指了指牆上老人的相片。

「是……是有點像啦，可是我怎麼知道你沒有騙我？」我想起媽媽說的話，不要隨便跟陌生人攀談，怕我被綁架。

那個看起來像阿公的老人，摸摸他的鬍子說：「你爸爸是不是叫志宏啊？你媽媽是不是叫惠美啊？」

「對啊！你怎麼知道？」我開始有點相信老人真的是我阿公了，但心想阿公不是死很久了嗎？難道我也死了，到天堂來和阿公見面了。

「哈……憨孫仔，走！我帶你去玩。」老人慈祥的笑容很熟悉，像極阿嬤笑的樣子，這時我更確定他真的是我的阿公了。

我點點頭，立刻又搖搖頭：「我要問阿嬤？看可不可以？」

正當我想開口叫阿嬤時，阿公抓住我的手，走出客廳，我離開了我的身體，好奇怪，我還在沙發睡覺，怎麼阿公有辦法抓起我的手，然後，我們縱身一躍到天空上。

「啊……我會怕啦，好高喔。」我嚇得好想尿尿。

在天空中散步，好像我和爸媽去臺北一零一觀景樓，從高處向下鳥瞰臺北的房子、道路……也像極了爸媽帶我去看的電影：「看見臺灣」，尤其是拍到稻田的那一幕，真的一模一樣。

阿公牽著我的手，厚實且溫暖，不知道他要帶我去哪裡？我問：「阿公，我們要去哪裡？」

「帶你去看看我以前玩的地方。」阿公呵呵的笑著說。

就這樣，我展開了一趟奇妙的旅程。

稻田

阿公帶我飛到家門前的稻田上空，收割後的稻田見不到黃澄澄的稻浪，只見一棵棵收割後的稻頭，安靜的在稻田裡罰站。

阿公告訴我，他年輕的時候買下這一片稻田，在稻田的角落裡蓋了三合

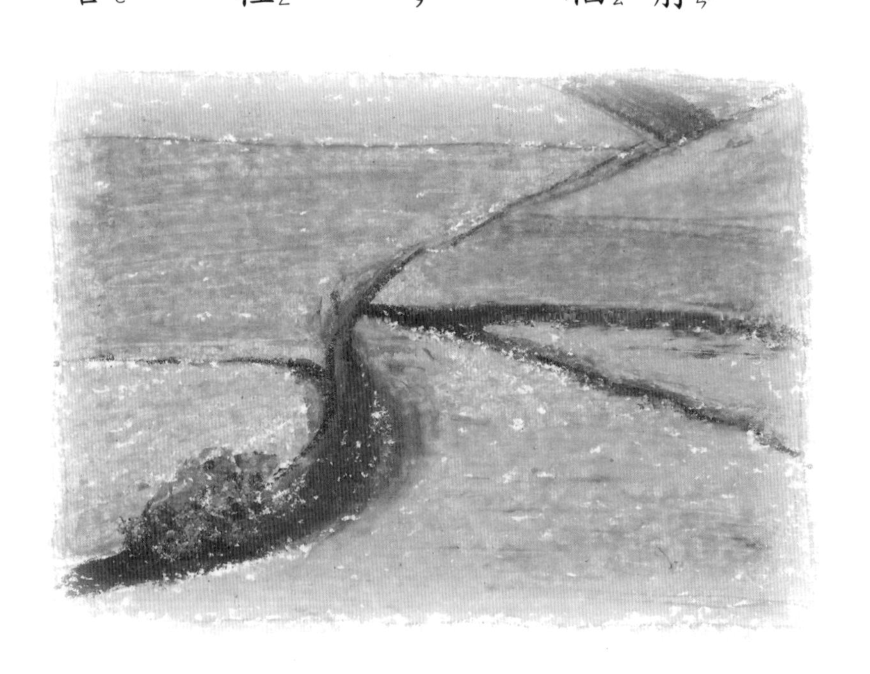

院。靠著這片稻田養活了一家人。現在，這片稻田都交給大伯父耕種了，偶爾，阿嬤也會來幫忙。爸爸也說很感謝大伯父代替他照顧阿嬤，要我也得感謝大伯父，要懂得感恩。其實我最感謝的人是阿嬤，是她把我帶大的，有一天，如果我得到金馬獎，我一定要說第一個感謝的人是我的阿嬤。

綠色的田埂畫出稻田的界線，我認真的數著阿嬤的田地，到底有幾塊田？其實，我還真的分不清楚，在平地上比較簡單分辨，飛上天空，就一團亂了。阿公說他以前養了一隻水牛幫忙耕種，每年要負責翻土兩次，那是水牛最吃力的工作之一。阿公問我有沒有看過犁？那是水牛耕田翻土的工具，記得在學校的鄉土文物館有看過，但是沒親眼見過水牛拉著犁的樣子，只有在老師介紹的影片裡看過。阿公說水牛還有另一個吃力的工作就是拉牛車；收割後的稻穀，裝滿一

袋袋的麻布袋，堆放在牛車上，水牛要拉載滿稻穀的牛車運送到庭院裡曬乾。阿公也說等稻穀曬幾天後，就會請農會的人到家裡來檢查稻穀是不是真的曬乾了？如果確認已經曬乾，農會就會排定時間，到家裡來。把稻穀裝進一袋袋的麻布袋，開鐵牛車載走。說真的，鐵牛車我也沒見

過，網路上應該抓得到圖片，就想像成貨車好了。

聽阿公娓娓的道出以前的往事，我也只能想像，因為從小在阿嬤家，只看阿嬤和大伯父在田裡工作，我只負責玩，玩就是我的工作。阿公似乎看到什麼？從空中飛了下來，我們站在田埂上，阿公蹲低看了看田埂上有些許破洞，指了指說：「這些小洞是蚯蚓鑽的，稍微大一點的洞是蟋蟀挖的。」，我看蚯蚓洞的直徑大約像利樂包飲料吸管，蟋蟀洞就大些了，圓周大概是我的食指大小。沿著阿公指的洞穴觀察，我看到在田埂底部的石頭上，出現一個大約像棒球大小的洞。

我問：「阿公，那這個洞又是誰挖的？」

阿公吃力的蹲下來看，笑說：「那是可惡的老鼠，到處亂挖田埂，有時挖空了田埂，看起來表面上還是完整的，走在田埂上便會踩空而跌倒，我就曾經因為這樣扭到腳。」

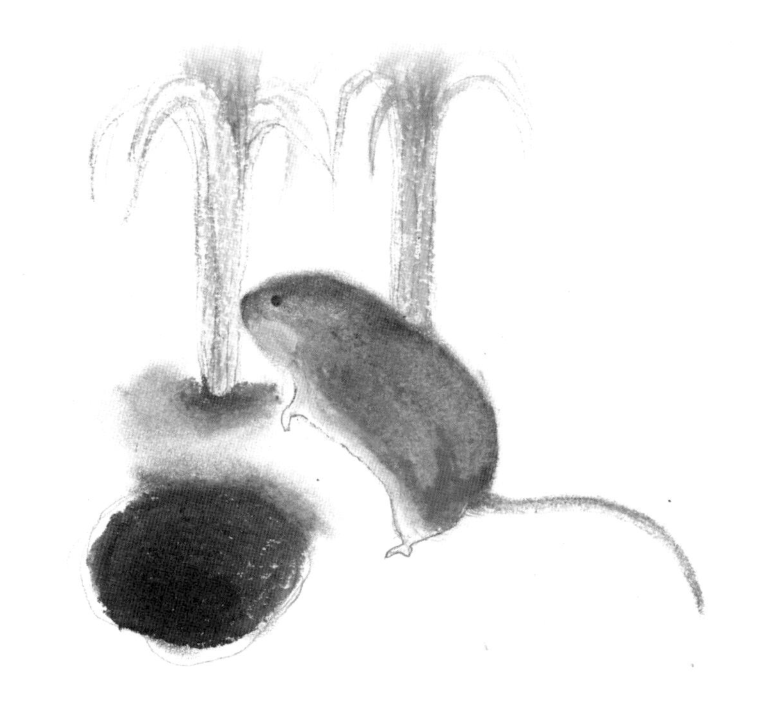

我想像阿公跌倒的樣子噗嗤的笑出聲來，阿公也向我點頭微笑，我又突然想起颱風季節，電視上常播出道路被挖空的景象，應該就像老鼠挖空田埂的樣子。

跟在阿公後面，踩出每一步，我都會害怕踩空而跌倒。阿公走好快，我邊走邊叫他，還好，他放慢速度等我跟上來。阿公也說以前剛種下秧苗時，走在田埂上，小青蛙就會從田埂的邊坡縱身向水田裡跳，就像游泳比賽跳水般的動作。每踏出一步，就會有青蛙跳下水。青蛙會躲進泥土裡，只露出兩顆眼睛，牠以為偽裝得很好，但不知道被阿公清楚的看到埋藏在土堆裡隆起的身影。阿公說他小時候，會慢慢的下田靠近青蛙躲藏的小土堆，在青蛙的上方，伸出手掌向下一蓋，通常就能捉到青蛙了，當然偶爾也會失敗。

「現在呢？暑假好像比較少看到青蛙，我每次都要找好久，才會看到一隻。」我問阿公。

「那是因為水稻收成後，水田裡沒有水，青蛙喜歡在有水的地方生活。」阿公的語氣真像自然老師。

阿公走到田埂轉角處停了下來，不停的看四周的稻田，我還在想像站的田埂下面有沒有被老鼠挖空了？我低頭向下望，偶爾抬頭看看阿公，會看到他淺淺的微笑。

菜園

沿著田埂走，阿公提議到菜園去，牽著我的手再次飛上天空。我心想阿公也真是懶，菜園也沒多遠，可能是我跑一圈操場的距離，這麼近也要飛？真搞不懂阿公在想什麼？不過當當空中飛人的滋味真的刺激又驚險，只是有點冷，腳底有點麻。

「阿嬤阿嬤……」我在空中看到阿嬤蹲在菜園裡採收空心菜，我大聲的叫阿嬤，她卻低頭不理我。從空中看菜園，看不到躲在菜葉裡的小蟲，我最喜歡吃阿嬤炒的空心菜，跟媽媽炒的差好多。阿嬤用豬油加蒜頭，又油又香；媽媽清燙後，淋上橄欖油，清淡無味，好像在吃草。我跟媽媽說阿嬤的炒法，她竟然說要養生，不能吃太油，我實在沒辦法改變她炒菜的方式。

阿公大聲嚷嚷：「走，我們下去看阿嬤。」我們降落在菜園旁的田埂上，我大聲叫阿嬤，阿嬤還是不理我。

我問阿公：「為什麼阿嬤不理我？」

阿公伸了伸懶腰，摸摸我的頭說：「你現在跟我這個神仙在一起，你也變成神仙了，阿嬤當然聽不到囉。哈……」

我偏不信，跑到阿嬤面前，再次大聲叫，並且拉拉阿嬤的斗笠，沒想到阿嬤把我當隱形人，不僅聽不到我的叫聲，也看不到我的人。我急了，用力抱住阿嬤，沒想到，我穿過了阿嬤的身

體，跌趴在菜堆裡。阿公在旁哈哈大笑，我拍拍身上的泥土和菜葉，慢慢的爬起來，現在，我要相信自己是神仙了。

在菜園的角落，有一顆芭樂樹，阿公說那是他年輕時種的，沒想到芭樂樹跟我爸爸差不多年紀。每年暑假，我都會爬上樹，摘成熟的芭樂吃，有時會遇到蟬，不過我一爬上樹，蟬就被我嚇得飛走了。阿公帶我走到樹下，樹上的芭樂依然結實纍纍，等阿公回天堂，再來摘一些芭樂回去吃。阿公說當初家裡沒錢，想說種一棵芭樂樹，可以給爸爸他們兄弟解解饞，沒想到，芭樂樹可以活那麼久，阿公當神仙了，芭樂樹還活著。我心裡想，會不會有一天我當神仙了，芭樂樹還活得好好的，我想總有一天就會變神木了。

「有蛇！」我大聲叫，那隻蛇往阿嬤的方向走，阿嬤似乎也發現了，

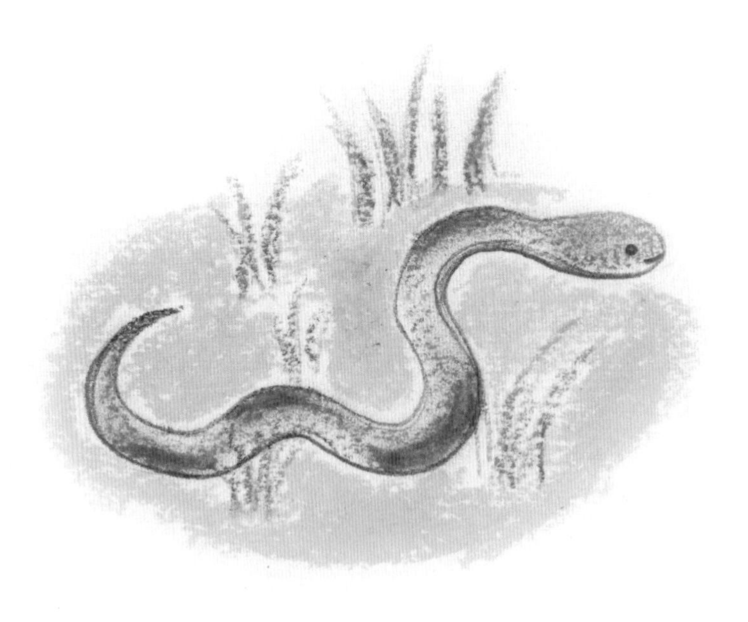

只見阿嬤腳一踩蛇頭，抓起蛇的尾巴，輕易的把蛇丟到菜園外的水溝裡。阿嬤真是膽識過人好身手啊，我看到蛇都會起雞皮疙瘩，躲得遠遠的，怎敢像阿嬤這麼勇敢，阿嬤真的太MAN了。如果我也可以這麼勇敢抓蛇，班上的女生一定會大叫我英雄，到時候，我就可以抬頭挺胸接受歡呼，男生一定羨慕我大受女生歡迎，我暗戀的女生也會對我特別注意。想著想著就不由自主的笑了起來，阿公還問我笑什麼？我搖搖頭，這是我的秘密，怎麼可以說出來啊。

老黃狗

阿嬤家的老黃狗，喜歡跟著阿嬤身邊到處跑，阿嬤去買菜，牠就跟在後面屁股搖呀搖的，走路的樣子根本不像狗，像極了大母豬。不過，當阿嬤到菜園或田裡工作時，牠就不安分了，到處亂跑，有時還會和鄰居的狗起衝突。

正當我和阿公要離開菜園時，老黃狗慢慢的走近我們，吃力的搖著尾巴，我蹲下身想擁抱牠，牠卻向阿公的身邊走過去。阿公蹲下來抱著牠，口中念念有詞，老黃狗也使勁的吠了幾聲，尾巴搖得更用力了。

我問阿公：「你剛剛跟老黃狗說什麼？」

「好久不見，你都變老了。」阿公笑著說。

「那老黃狗說什麼？」我接著問。

「牠說呀，我的鬍子怎麼越來越長，越來越白，哈……」

阿公開心的大笑，老黃狗盯著他看，不斷的搖尾巴。

阿公回想起和這隻老黃狗相處的時光，也說起認識老黃狗的往事。有一次，他騎機車到鎮上買肥料，老黃狗就趴在肥料行前面睡覺，為了停摩托車還叫醒牠，結果，老黃狗不但不生氣，還對阿公猛搖尾巴。阿公心

想：奇怪，這隻狗怎麼一點都不怕陌生人？後來，阿公發動機車準備回家，老黃狗就跟著他的機車跑，阿公說那時候還是小黃狗，跑步的速度不輸他騎機車，就這樣跟著他回家，也就收養了小黃狗，到現在，變成了老黃狗。聽了阿公說起這件事，我記得還沒上小學時，老黃狗還很會跑，我在庭院跑，牠輕易的就會追上我，還會咬我的棒球，咬到屋後面的儲藏室，我追著牠，卻怎麼也追不著。後來，我哭著告訴阿嬤，小黃咬走我的棒球，阿嬤就帶著我到儲藏室，先痛罵了小黃一頓，逼牠吐出了棒球，阿嬤撿起沾滿口水的棒球，隨手拿了些稻草擦乾淨後還給我，小黃見阿嬤生氣了，只好夾著尾巴離開。

老黃狗大概只有咬棒球這件事惹我生氣而已，大部分的時間，牠也是我的跟班，我帶著牠到村裡面玩，夏天的時候，我也會帶著牠到水溝裡玩水。等玩到痛快了，全身的衣服也都濕透了，阿嬤會大喊我和小黃回家吃飯。回到家，阿嬤會先痛罵小黃一番，接著再數落我幾句，那時，我心想小黃怎麼聽得懂人話，現在看見阿公跟老黃狗說話，我終於知道原來狗是聽得懂人話的，何況阿公是神仙，可以和老黃狗說話，我一點也不覺得奇怪。

阿公搖搖我的身體，問我：「你在發什麼呆？」我搖搖頭，給阿公一個微笑：「那我們現在還要去哪裡？」

「我帶你去土地公廟。」阿公說。

我們和老黃狗揮揮手，老黃狗的頭不停的搖晃，吐出長舌頭，發出喘氣聲，不斷的搖著尾巴。老黃狗看到許久不見的阿公，應該很高興，連道別的禮數都顯得特別周到，奇怪，每次我要回臺北，都不見老黃狗如此熱情，真讓我有點吃醋。

土地公廟

夏天的太陽真是令人厭惡啊，還好颱風剛走，偶爾有徐徐的微風吹來，但總覺得身上濕黏，我很羨慕阿公一身長袍馬褂，一點都不喊熱，我想應該是神仙的緣故。從菜園起飛後，阿公的眼神深情的望著越來越渺小的阿嬤，我跟著他往下看，阿嬤蹲著拔菜，我偶爾也會跟著阿嬤在菜園裡玩，抓蟋蟀或是抓一些小昆蟲來玩。

在空中看不到小昆蟲躲在哪兒？菜園裡的綠色

蔬菜像學校操場的草地，我也分不清菜名，只認識學校常吃的空心菜、青江菜、菠菜，其他的蔬菜，阿嬤用臺語說菜名，我也聽不懂。土地公廟離阿嬤家不遠，在空中往下看，收割後的稻田變得沉靜許多，翠綠色的田埂在一大片的灰黑色田地裡更顯突出，偶爾向遠處望，可

以看到往鎮上時會看到的山，那座山像極了阿嬤切菜用的砧板，又出產鐵礦，這裡的人都稱「鐵砧山」。

阿公指著腳底下的土地公廟，他要我看屋頂上的雕塑品，有龍和鳳的造型，第一次看清楚龍和鳳的背，我發現一個有趣的現象，龍的鬍鬚有一邊掉了些，鳳冠也被磨平了。我問阿公這樣的情形，阿公說：「這間土地公廟很久了，從他小時候就有了。」我想這樣推論起來應該有百年以上的歷史了，也許沒有人來整修，雕塑品的顏色沒有我小時候看的那麼鮮豔。我以前也常和阿嬤到這兒拜土地公，玩捉迷藏，帶老黃狗到這兒散步，我問阿公他小時候有在土地公廟玩嗎？阿公吸了一口氣後，說他玩的跟我差不多，只是廟前的空地以前是泥土地面，現在成了水泥地面，四周圍又加了圍牆，圍牆外燒金紙的金爐，以前是一個小水池，裡頭有好多泥鰍，村裡的人都會到這兒

來抓泥鰍加菜。可是，我小時候見到的土地公廟就是現在的景象，好可惜，沒有機會抓泥鰍，只有在家門前的小水溝，偶爾可以看到小蝦子。

我們從天上飛下來，停留在廟門正中央，阿公帶我走近土地公廟，他要我雙手合十向土地公參拜。阿公看著土地公神像許久，我也跟著看，一閃神，忽然覺得土地公向我們微笑。

我嚇一跳說：「阿公，你看土地公在笑。」

阿公反而一派輕鬆的說：「土地公跟我們打招呼呀。」

阿公不愧是神仙，連土地公都認識他，我以前從沒見過土地公的微笑，開學後，我一定要跟同學炫耀，不過，同學應該會笑我胡說八道。

阿公說他小時候土地公和土地婆神像擺在一起，後來不知怎麼了，土地婆神像就不見了，聽說是土地公和土地婆吵架，土地公託夢給村長，村長就把土地婆神像移到別處了。土地婆神像被迫離開一陣子後，聽說又託夢給村長的老婆，直嚷著要回到廟裡來，這件事也讓村長夫妻吵得不可開交。我問阿公後來呢？他只淡淡的說：沒再見過土地婆神像了。一直到現在，土地公孤獨守著土地公廟，就像阿嬤一樣，自從阿公過世後，孤獨一個人住在三合院，一直要等我寒暑假回來和她作伴。

其實，我也常一個人在家，每天上完安親班回家，爸媽都還沒下班，我也是一個人，我以前都會拜託爸媽再生個弟弟跟我作伴，他們就會說養我一個就很辛苦了，還要再養一個怕養不起之類的話。我也不懂他們在想什麼？阿嬤生了四個兒子，還不是養大了，我數數手指頭，大伯、二伯、爸爸和四叔，現在不是都長大成人了。我可以體會孤單的感覺，有時會覺得害怕，還好有電腦和電視陪伴我，不然，我應該會更孤單吧。還好阿嬤還有老黃狗，大伯父白天也會過來陪陪阿嬤，應該比我好一點吧！

火車站

走過土地廟，阿公問我有沒有想去哪兒？我說想看火車，阿公就牽著我的手，緩緩的飛上天空。和阿公飛在天空的感覺，跟坐飛機不太一樣，我的腳下都沒得踩，就能自由的在天空中遨翔了，但是阿公並沒有很用力的牽我，就像阿嬤牽著我去買菜的感覺輕鬆自在。不過，飛了這麼久，並不像坐飛機會覺得有壓迫感。

火車站的位置在隔壁村，這次稍微多飛了一點時間，不過也比我和阿嬤走路還快。我們飛到火車站上空，恰巧看見一列火車正從月臺離開，我也是第一次看到火車上頭的樣子，每一節車廂上方都有個類似正方形的蓋子，其他地方就是平整的鐵片。在天空上看火車的形狀，像極了我小時候的玩具火車，還有玩具鐵軌，火

售票窗口
Ticketing

車裝了電池後，打開開關就可以在橢圓形的鐵軌上行走。我好想站在火車上方看是什麼感覺？我要求阿公帶我飛到火車上方，阿公竟然說太危險了，枉費他是神仙，讓我的夢想落空。

我們就停留在火車站門口的廣場，抬頭看著站名「日南」，這是一個小火車站，只停靠普通車和平快車，速度快的自強號和莒光號都是過站不停的。以前和爸爸坐火車回臺北時，都要到鎮上去。車站內只看到二、三個旅客，遇到一個村子裡的阿婆，我大聲叫，她卻頭也不回的走開。我忘記了，我和阿公在一起也變成了神仙，一般的凡人是看不到我，也聽不到我說話的。

聽阿公說起火車站的故事，他小時候就曾經搭火車，和曾祖父挑菜到鎮上去賣，那時是日治時代，火車是村人唯一的交通工具。阿公說那時候有許多村人離開故鄉到臺北謀生，就是搭乘

火車往返。他說我的叔公也是到臺北的汽車廠工作，每次一到過年，就必須提前到鎮上的火車站先幫他買好過完年回臺北的車票，不然，買不到車票，就得一路站著回臺北。阿公說他曾經在半夜就騎著腳踏車到鎮上的火車站排隊買車票，雖是半夜，但火車站裡人聲鼎沸，都是為了要買一張有座位的火車票。我跟阿公說以前爸爸還沒買轎車時，都是用網路預訂火車來回票，不必到火車站去排隊。

我們再度飛到月臺上，阿公要我看月臺下方的鐵軌，有一排茂密的菅芒草，菅芒草的後方有一條小路，可以直通村莊。他有時候忘了買票，會直接從月臺上跳下鐵軌，直接穿過稻田走回家。在空中可以隱約看見遠處的三合院，我相信阿公說的話，可是，心裡總覺怪怪的，就像搭捷運不刷票卡，從管制匝門下方鑽過去的意思一樣，也就是「逃票」。我問阿公：「你沒有補票嗎？」阿公笑了笑說：「有時候有，有時候沒有。」

當阿公說出「沒有」這兩字，我發現阿公笑得更開心了。我心想：如果當時我跟在阿公身邊，一定會制止阿公這種投機取巧的行為。

公學校

揮別了火車站，阿公繼續帶我飛行，阿公要帶我去看他小時候常去玩的公學校，我不知道什麼是公學校？直到我們飛到校門口，原來就是國民小學。阿公說爸爸就是這所小學畢業的，已有百年以上的歷史了。

「阿公，明明是國民小學，為什麼叫公學校？」我問。

「憨孫仔，以前，日本統治臺灣，專門為臺灣人設立的學校，而且是義務教育，就像現在你要讀國小、國中，是強迫入學的，萬一，你沒到學校讀書，你的父母親就會被政府處罰。」阿公很認真的說。

「我記得社會老師有講過，現在聽你說，我回想起來了。」我說。

我們鳥瞰這所百年老校，但建築物都很新穎美觀，像我讀的小學一樣。我看到有一幢像三合院的平房建築，其他都是五層樓的教室。操場跑道比我的學校多一道，操場中央有兩座躲避球場，籃球場在圍牆邊。阿公帶我降落在平房建築物大門前，他說這是學校的大禮堂，他曾經在這兒參加過爸爸的畢業典禮。

這座大禮堂，在暑假期間，對農人最大的功用是農會向學校借來儲藏稻穀，他也曾經和農會的人載稻穀到這兒存放，稻穀塞滿室內的每一寸空間。現在看到的PU跑道，以前都是泥土，車子直接開到大禮堂門口，農會的人扛著一包包的稻穀依序放好，等他的稻穀全部都放好後，農會人員會請他點收無誤後，蓋上手印簽收。

我問阿公為什麼不簽名而要蓋手印呢？阿公笑

著說：「憨孫仔，我七歲就去養牛賺錢了，我們村子裡也只有村長的兒子有錢讀書，大部分的人不識字，所以只好蓋手印來取代簽名了，現在，我在天上有努力的和其他認識字的神仙學寫字和認字，將來，等阿嬤到天上來，希望我可以讀一篇故事給她聽，阿嬤一定會很驚訝！」

聽阿公說他不識字，我終於大約可以了解為什麼阿嬤不喜歡到臺北來，因為阿嬤也不識字，可能連搭捷運或公車都不會，我想這應該也是每次我寒暑假回家前邀請阿嬤來臺北，阿嬤都婉拒的重要原因吧。逛完大禮堂，阿公帶我去看有一排柱子連結而成的走道，柱子上方掛了盆栽。

我問阿公：「這些柱子看起來很舊了，怎麼不拆掉呢？」

阿公緊皺眉頭，似乎想到不愉快的事情，他說：「你爸爸讀二年級的時候，有一次被同學推倒撞到柱子，流了好多血，老師打電話給村長，要我趕快過來載你爸爸去醫院。」

阿公接著又說起這些柱子原來是教室走廊的，後來教室拆掉了，當時的校長保留這些柱子，保存了這所學校的歷史。

我慢慢的邊走邊撫摸每一根柱子，想像爸爸小時候在這裡讀書的景象，阿公也跟著我後面走，原來，我走的地方以前是走廊，難怪，柱子可以筆直的排成一條線。這一刻，我彷彿也走進爸爸的童年了。

工業區

飛呀！飛呀！我們再度飛上天空，向爸爸的學校說再見。我喜歡那些古老的柱子，我猜想爸爸應該也曾經和我一樣，會邊走邊撫摸那些柱子。我們剛起飛，就可以看到好幾支大煙囪矗立在空中。我提醒阿公別撞到那些大煙囪，因為阿嬤視力退化，每次都會問我有沒有看到鋤頭放在田裡的哪個角落？我想阿公應該也是。

「怕什麼？我帶你穿過煙囪。」阿公呵呵的笑著。

「不要，我會被燙到，也會被煙燻暈了。」我急著說。

阿公真的帶我穿過煙囪，不過，我們都沒受傷。也許我又忘記阿公是神仙這件事。有時，我也覺得阿公很調皮，可能小時候比我更調皮一萬倍。下次媽媽再說我調皮，我就告訴她是遺傳到阿公的。腳下全都是

大小不一的廠房，有低矮的鐵皮屋，也有高聳的大樓。阿公說起他小時候這裡是日本會社種植甘蔗的用地，「會社」就是臺灣人說的公司，他也曾經跟著曾祖父到這兒來幫忙採收甘蔗，賺取微薄的工資，甘蔗田裡會有大隻的田鼠，曾祖父偶爾會抓幾隻回去加菜。我聽到吃田鼠這件事都起雞皮疙瘩了，覺得不可思議。我問阿公：「田鼠肉的滋味如何？」阿公竟然說比雞肉更好吃。

阿公說這片甘蔗田一直到爸爸讀國中時，才變成工業區，大部分的村人也都到這裡的工廠上班，只有在插秧和割稻期間，才會向工廠請假。

我問阿公：「那你有到工廠上班嗎？」阿公搖搖頭，他說農閒時，他會去做水泥工，收入比工廠好多了，而且也比較不受拘束。

我追問：「那阿嬤和大伯父呢？」

阿公笑著說：「阿嬤忙得很，要照顧你爸爸四兄弟，你大伯父國中畢業後到這裡的腳踏車工廠上班，你看下面有一個很大的腳踏車模型，就是大伯父上班的那間工廠。」

我看著阿公手指的方向，不死心的又問：「那大伯父現在怎麼不在那兒上班了？」

阿公摸摸我的頭：「自從我當神仙後，家裡的田就交給你大伯父耕種了，阿嬤一個人忙不過來，你爸爸和二伯父在臺北上班，四叔又在臺中上班，也只有你大伯父比較適合留在家裡幫忙。」

我點點頭，向下看著這片工廠，一望無盡。我心想長大後，也要到這裡開工廠，讓爸爸回到我的工廠上班，或是爸爸當董事長，我當總經理也可以。我要請堂兄妹們都到我工廠裡做事，也邀請同學們離開臺北到這裡來上班，放假的時候可以到阿嬤家作客，也可以帶他們到田裏面玩玩。到時候，同學們一定就會聽懂我曾經跟他們說過在田裡發生的趣事，不會像現在，我說的鄉下生活，大部分的人都聽不懂，我也懶得再多做解釋。

泉水坑

離開工業區，我們繼續往家裡的方向飛，阿公說天氣好熱，要帶我去一個清涼的地方，去那兒看人家玩水。其實，我早猜到是隔壁村的泉水坑，大伯父上星期日才帶我去玩過，那兒的水真的比冰水還清涼。這次和阿公去，應該沒辦法下水了，因為我沒穿泳褲，而且暫時變成了神仙，也怕玩水的人被阿公嚇壞了。

離開吵雜且帶點臭味的工業區，我們再度回到熟悉的農田上空，我們飛過三合院上空，阿嬤不在菜園了，老黃狗也不見了。橫在我們正前方的是高速鐵路和高速公路，兩條鐵公路硬生生的切開田野。

阿公離開人世間很久了，他問我：「什麼時候蓋的啊？」

我低頭想想：「好像我上臺北讀小學前，阿嬤有帶我來這裡看好多怪手和吊車，應該五年多了吧！」

阿公緊抿著嘴，看他一副若有所思的樣子，不知道他在想什麼？我拉拉他的手，問他：「阿公，你怎麼了？」阿公搖搖頭，捨不得的神情，像極了每次我回臺北時阿嬤看我的眼神。高速公路蓋好後，我覺得比搭火車方便，爸爸開車可以直接從離阿嬤家二公里遠的交流道下，接著走一段路就到了。不像以前搭火車，還要先到鎮上的火車站下車，然後再轉搭一班的公車，下車後，還要拜託大伯父來載我們，最痛苦的是還要背一大堆的行李。現在，走高速公路輕鬆多了，爸爸的車直接開進三合院的庭院中，行李都放後車廂，一下車再慢慢的把行李拿進屋裡。

飛過了高速鐵路和公路，就到泉水坑上方了，果然，好多人在玩水。我也好想下去玩水，阿公也說小時候他也到這兒玩過水，那時候村裡還沒裝自來水，他會開著牛車，牛車上載了兩個空的大水缸，一個木頭做的水桶，開到泉水坑旁，舀起一桶又一桶的泉水，注入水缸裡，載回兩大水缸的泉水回家煮飯、燒開水喝。上星期日到這兒玩，大伯父也要我喝喝看，我覺得比家裡的自來水好喝，有淡淡的甜味。聽阿公這樣說，我推測泉水坑的歷史應該也有百年歷史了，沒想到我和阿公小時候都到這裡玩過水，這種感覺很像李白說的：「今人不見古時月，今月曾經照古人。」

從天空看泉水坑的形狀，像極了標點符號的「？」水深到我的腰間，也有水溝連接到田裡去，我猜應該也有灌溉的功能。泉水坑旁有一戶人家，就是抽這裡的泉水使用，聽大伯父說泉水要比自來水乾淨，因為地底下的石塊和泥沙就是天然的水質濾淨器，原來是這樣，難怪泉水喝起來甜甜的。

看到這麼多人戲水的歡樂模樣，我也覺得清涼許多，看阿公一直注視著泉水坑，他應該也很想玩水吧。這個星期日，我一定要再拜託大伯父帶我來玩水。

泉水坑

溪邊的花生田

離開泉水坑，阿公帶我到大安溪邊看花生田，飛在天上看不到花生的模樣，去年暑假，我和阿嬤來過這兒，花生的果實是長在根部的，阿嬤拔起整株的花生，我負責把花生果實一顆一顆的拔下來，花生葉裡藏有許

多紅蜘蛛，利用我在拔花生果實的空檔，爬到我的脖子和手臂，被爬過的地方會紅腫而且真的好癢，就像我吃了海鮮後皮膚過敏一樣。可是，阿嬤要我忍耐，不然會越抓越癢。

這條溪在我們村尾，阿嬤家住村頭。阿公說民國四十八年的八七水災，大水淹到村裡來，村人忙著逃命，逃到離村莊十幾公里遠的火炎山上。花生田也都被沖走了，水災過後，只剩下大小不一的石頭。那時候，還好稻穀都已收割，不然會帶來更大的災害。

風災過後，阿公、阿嬤和曾祖父，重新回到溪邊的花生田，把田裡的石頭重新堆砌成田埂，多餘的石頭慢慢搬到溪裡的河床，當石頭清光後，再仔細清出一堆雜草和碎石，被沖刷掉的沙土，阿公他們就到河床挖乾淨的沙土回填。等回填完畢，家裡的水牛也派上用場；開始犁田整地，犁出一隴隴的沙土堆，然後，重新播下花生種子。花生田的災後復建，大約花了近一個月的時間。阿公很慶幸的說，有些村人被大水流走了，連屍骨都找不到，還好他和阿嬤、曾祖父跑得快，不然可能也會被沖走。

我們降落在花生田埂上，阿公感嘆說每年的颱風季，花生田裡的沙土多多少少都會被大水沖刷掉，每年都要回填沙土，才能勉強維持花生田的完整。不過，阿公說他學聰明了，只要花生一成熟，必須趕快採收，就可以順利避開颱風季的傷害。聽阿公這樣說，我也回

想起去年暑假採收花生的時間，一放暑假，阿嬤就帶我和大伯父來採收花生，也花了近一個星期的時間，才順利採收完成。

暑假正值颱風季，我想起颱風過後，大伯父總會告訴阿嬤花生田又被流失了一部分，聽阿公說完這段往事，我終於明白原來大伯父說的「補土」是怎麼一回事。阿公走下田埂，拔了一株花生，看他按了按花生果實，撥開果莢，阿公吃了一顆，也拿了一顆給我吃，我搖搖頭說：「阿嬤說吃生的花生會肚子痛！」阿公笑得開懷：「不會啦，很甜很好吃。別怕！」我把花生果實慢慢的咀嚼，不知道是不是阿公說的很甜影響我的味覺，真的感覺有甜甜的味道，但是沒有阿嬤炒過的花生好吃，而且也沒那麼香。阿公再拔一顆要我吃，我搖搖頭拒絕了。

阿公接著要我看花生田隔壁的西瓜田，阿公說溪邊的沙土夾雜的田地，很適合種植花生和西瓜，跟阿嬤家的稻田不太一樣，花生和西瓜喜歡乾旱排水性強的沙土，稻穀就喜歡含水性的泥土地。原來如此，難怪常聽阿嬤說「水田」，記得自然老師好像也說過，只是我沒有專心的記清楚。

鄭成功的劍井

我們從溪邊的花生田再度起飛，阿公要帶我穿越大安溪到對面的鐵砧山，溪水有點黃濁，我猜應該是上游正下著雨，流下來的泥水。

阿公告訴我這條溪的盡頭是臺灣海峽，他年輕的時候曾經為了撿拾漂流木，沿著溪

一直走到出海口。

飛到鐵砧山上空，阿公要我看看山的樣子像不像阿嬤切菜用的砧板？看起來有點像，但山壁怎麼都是黃土，不見翠綠的樹木。我問阿公為什麼會這樣？阿公說以前國軍砲兵部隊會在這裡實彈演練，演練前夕，戰車以及各式各樣的軍車，會經過村子的產業道路，戰車經過時，房子會上下震動。不過，國軍會進行管制，不准村人靠近戰車集結區，村人只能站在堤防外的稻田裡，看連發的火光和白煙，聽震天乍響的砲聲。阿公說戰車火炮打到山壁的霎那，會夾雜黃煙和白煙，然後，就看見黃土慢慢的滾落下來。

再往前飛一點，我看到一尊高聳的雕像，阿公說那是鄭成功，我問阿公：「怎麼會有鄭成功的雕像？」阿公告訴我，傳說鄭成功曾經被清軍逼退到鐵砧山，清軍封鎖這座山的出入口近三個月，鄭成功的軍隊所帶的糧食和飲水都用完了，又遇到老天不下雨，士兵沒有水可以喝，每個人都無精打采。鄭成功的部將遍尋整座山，找不到水源，士兵可以忍受飢餓，但無法忍受口渴，眼見就要棄械投降。

鄭成功拔出腰間的配劍，直指天空，並祈求老天：「我以此劍刺入腳下土地，天若不亡我，請恩賜我湧泉。」隨後將寶劍刺進土中，泉水立刻從地底冒出地面，所有的士兵爭搶溢流到地面的泉水喝。鄭成功立即跪下來，祭拜老天，此時，出現一道閃電，刺進土中的

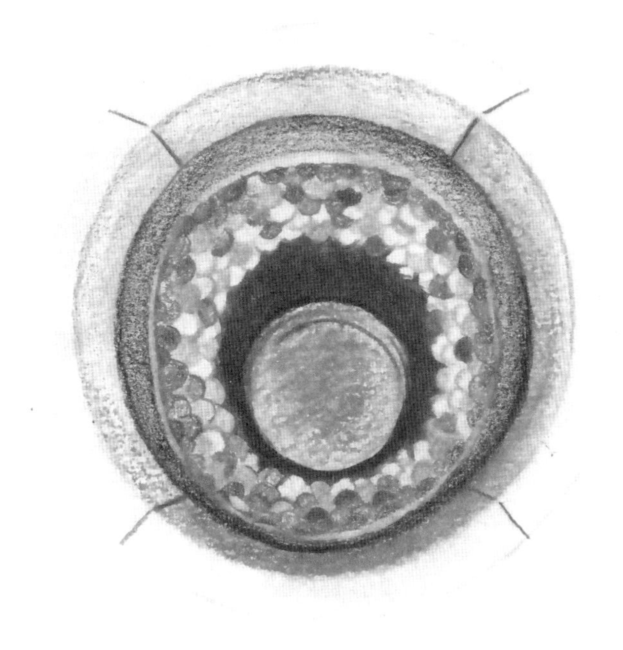

寶劍慢慢的沉到地底下了。

我問阿公：「寶劍刺入的地方在哪裡？」

阿公牽著我急速下降到地面，到了一口井旁邊，有一塊寫著「劍井」的石碑矗立在井邊。我們靠近井邊看清澈的井水，井邊空地還有幾個綁著繩子的塑膠水桶，阿公說那是給遊客取水用的，聽說喝劍井的水可以保平安。

我問阿公：「鄭成功的寶劍找到了嗎？」

他笑著告訴我，他小時候聽村裡的老人說過，每年端午節中午十二點整，寶劍會從井底浮上來，這時候，舀起來的井水，就叫「午時水」，喝了午時水不但可去除百病，更能保平安。寶劍浮上來的前幾年，到這兒取水的村人都很守規矩，後來，隔壁村有一個賣菜刀的老闆想將寶劍占為己有，帶了麻繩來，跳下井裡，綁住劍鞘，卻怎麼用力拉扯，都無法拔出那口寶劍。最後，那老闆也放棄了，從井底爬上來，卻遭村人痛罵一頓。

隔年端午節中午前一個小時，菜刀店的老闆並未放棄占有寶劍的想法，不過，這次他告訴所有取水的人說，有一個神明託夢告訴他，要拔出寶劍，必須用麥芽糖做成一條繩子，綁住劍鞘，但繩子不能斷，就可以慢慢的把寶劍拔出來。那個老闆不顧村人的反對，提前下井等待寶劍浮上來，村人圍觀並不斷怒罵他，他依然固執的拿出麥芽糖繩子準備綁住寶劍。

中午十二點一到，寶劍果然緩緩的浮上來，眾人屏氣凝神看著寶劍。那個老闆等寶劍不動了，慢慢的用麥芽糖繩綁住劍鞘，成功的把寶劍拔了出來，圍觀的村人這時反而拍手叫好，大家都想摸摸寶劍，相信寶劍的神力，更能保佑農作豐收，身體健康。

老闆手握寶劍，從井裡爬了上來，他也學鄭成功手持寶劍指向天空，說時遲，那時快，一道閃電正好擊中寶劍，寶劍立刻消失不見，那老闆也瞬間倒地不起，從此，劍井的寶劍消失了，再也沒有人看過那支寶劍。

聽阿公說這個傳奇的故事，真的很精彩。只是好可惜，我都沒有機會看到那口寶劍，真希望鄭成功可以再給村人一次機會，讓寶劍重現。

鎮瀾宮

喝過劍井的泉水後，暑氣全消。我們再飛上天，眼見鄭成功的雕像越來越小，一下子就到達媽祖廟的上空。

我問阿公：「媽祖廟有沒有像劍井一樣傳奇的故事？」

阿公說：「你看廟名是鎮瀾宮，就是媽祖為鎮上的

人民抵擋海水氾濫所取的名字。」

我靜靜的等著聽阿公說媽祖的故事。

三百多年前，我們的祖先從中國福建渡過黑水溝，黑水溝就是臺灣海峽，祖先們到大甲來開墾，要想辦法與這裡的平埔族原住民和平相處，也要對抗颱風和地震等天災，那時候，大安溪和大甲溪兩側根本沒有堤防，只要遇到颱風，又恰巧碰到海水漲潮的時間，大水就會淹沒這裡的一切，就像當年的八七水災一樣。祖先從中國福建帶來媽祖神像，保佑一路平安，到達大甲後，祖先蓋了間小廟，說

鎮瀾宮

也奇怪，每次大水來，媽祖廟前的水總是淹不進廟內，祖先都認為是媽祖神蹟，後來，淹水情形改善很多，祖先都相信是媽祖力抗大水的結果，為媽祖蓋了現在的廟。

「阿公，你怎麼知道這些事？」我笑著問。

「憨孫仔，你忘了我是神仙啊！其實，我也是到天上後聽其他變成神仙的祖先提起的。」阿公笑得好得意。

阿公說每年農曆三月，大甲媽祖依照慣例八天七夜徒步回到北港的娘家，一直到他當神仙的前幾年，不知道怎麼了，就改到嘉義新港遶境進香了。大甲媽祖遶境是一件大事，村人都要準備好牲禮祭拜媽祖，媽祖要出大甲城的那個晚上，許多村人都會搭火車到鎮上去，恭送媽祖出城，不管是到北港或新港，每個人尊敬媽祖的心意都不曾改變過。聽阿公說起這件事，我在電視新聞上有看過，大甲媽祖遶境特別報導，每次我都會驕傲的跟同學說：那是我阿嬤家的媽祖。不過，他們好像沒什麼興趣知道這件事。

我們飛下來，站在廟前。阿公說有一句臺語的

鎮瀾宮

俗語說：「三月瘋媽祖。」，說的就是全臺灣信奉媽祖的人，祝賀媽祖農曆三月二十三日生日快樂，當然也包括大甲媽祖了。每年，大甲媽祖遶境出發前的夜裡，阿公說他以前都會和阿嬤送媽祖出城，那天夜裡，圍繞著媽祖廟周遭的街道，被人群擠得水洩不通，人手一支大管香和進香旗，有時候因為人擠人，衣服都會被燙出好幾個洞來，甚至也會不小心燙到手或臉。但是，沒有人會生氣，大家都抱著歡喜的心情來恭送媽祖。

阿公指著我們站的「廟埕」，這個地方，以前根本擠不進來，媽祖出城的那個下午，來自大甲附近的陣頭全都聚集在這裡，祝福媽祖遶境順利，祝福媽祖生日快樂。廟前有兩棵大榕樹，阿公說他小時候也爬上去玩過，到現在應該至少也超過百年的歷史了。

暑假到阿嬤家住，稻穀收割前，拜完土地公後，大伯父也會載我和阿嬤來拜媽祖，祈求媽祖保佑豐收。

貞節牌坊

這次，我們終於不必飛了，從媽祖廟和阿公散步到貞節牌坊，沿路要過好幾個路口，阿公只把紅綠燈當參考，我很怕被車撞，阿公竟老神在在的穿越過車陣，有時會從大客車的車身中央穿過，我們就是隱形人，可以穿過一切的物體，當神仙真的是太神奇了。

到達貞孝坊公園門口，走進公園就可以發現貞節牌坊，阿公說那塊長方形的石碑現在是國家三級古蹟了。我問阿公：「什麼是貞節牌坊？」阿公準備要說故事了，我發現阿公真的很會說故事，一點都不輸給學校的故事媽媽。

阿公娓娓道來貞節牌坊是清朝道光皇帝為林春女士建的，林春出生後不久，就送給余姓人家當童養媳。林春十二歲那年，丈夫余榮長不幸溺死，父親希望她回家，並且改嫁。但是林春不忍拋棄婆婆，為奉養婆婆，幫人洗衣打雜，雖然收入微薄，但是她仍然任勞任怨，常常三餐不繼，總是把好菜留給婆婆，自己以稀飯充飢。她的孝行始終如一，獲得這裡的人肯定。

我在電視上有看過古裝劇演童養媳的故事，大概可以了解童養媳的意思。

清朝道光十三年，林春五十六歲，榮獲清朝皇帝頒旨表彰貞節，並准許建立貞節牌坊，等她過世後入廟奉祀，就是我們剛剛去媽祖廟裡，有一個「貞節媽」的牌位。那時候，聽說大甲城，有一年曾遭受土匪攻擊，灌溉水道被切斷，農作物得不到水灌溉，幾乎快乾枯。城裡的人本來想逃走，忽然有人提議，請有貞節操守的林春向老天祈雨，果然順利下雨，讓農作物又可以繼續生長。地方父老都很感念她，林春的孝行感動天的事蹟也就傳開了。

這件事很快的傳到京城皇帝的耳裡，皇帝降旨表揚，並頒賜聖旨，讓萬人景仰，「文官下轎，武官下馬」，當時地方的官吏，撥款建貞節牌坊，就像現在的政府出錢造橋鋪路一樣。我和阿嬤看歌仔戲，都會看到皇帝頒聖旨的情節，負責讀聖旨的官員都會說：「聖旨到，某某某接旨，奉天承運……」。阿公接著說貞節牌坊的高度約六公尺，將近兩層樓教室高，碑石是遠從中國福建運到大甲來，到現在已超過一百五十年了，還保存的相當好。

貞節牌坊

阿公要我看兩旁的柱子，還刻有多副對聯及早期的地方官吏題字，並刻有「聖旨」二字，還有四座石碑，林春的孝行事蹟便刻在石碑上，只是字跡有點斑駁了。

我問阿公：「阿嬤變成神仙後，可以建貞節牌坊嗎？」

「現在沒有這種事了，又沒有皇帝了，而且阿嬤又沒有像林春那麼偉大。」阿公呵呵的笑著。

「有啊，阿嬤撫養爸爸四兄弟，還有把我帶大；還有照顧那隻老黃狗。」我反駁阿公的說法。

只見阿公沉默不語，然後給了我一抹微笑。我知道其實阿公內心是很感謝阿嬤的，只是不好意思說出口，我猜阿公可能沒送過阿嬤玫瑰花或情人節禮物，更別說開口說過一句「我愛你」以前的人就是這麼沒情調，每年媽媽生日或情人節，我爸爸都會送一束玫瑰花給媽媽，還會附帶一句「我愛你」我覺得阿公真的有點小氣。

老街

從貞孝坊公園走出來，阿公要帶我去逛逛大甲老街，我記得阿嬤也帶我來過，老街上的建築物看起來很古老，就是現在流行的「懷舊風」。阿公先帶我去看賣奶油酥餅的商店，阿公說姑婆訂婚的喜餅就是用奶油酥餅，那時

候已經算高級品了。最早的商店是隱藏在鎮瀾宮旁的小巷子裡，大部分都賣給拜媽祖的香客，生意很好。二十幾年前鎮瀾宮建醮活動後，奶油酥餅的名聲響徹全臺，生意變得更好了。

阿公說大甲地區在我們的祖先移入前，就有平埔族道卡斯族在這兒居住，「大甲」就是道卡斯族(Taokas)的讀音，翻譯成中文名。清朝的時候，來自福建和廣東的漢人，為了爭奪耕地，在這裡發生多次的械鬥。地方仕紳提議並籌措經費蓋了四座城門，來防禦外來的敵人，不過很可惜，日本人統治臺灣後全拆掉了。

我問阿公：「那城門的位置大概在現在的哪裡呢？」

阿公想了很久說：「以前聽老一輩的人說過，東門在大甲火車站前，西門在文武路附近，南門在我們剛去的貞孝坊公園附近，北門在順天路附近。等一下，我們逛老街時，就會經過西門和北門。」

在臺北火車站附近，也有一座城門，我和爸爸坐公車經過時有看過，我想像大甲以前四個城門的樣子，應該也像臺北的城門吧。我們走在老街上，阿公說這些老房子大都從日治時代保存至今，大多蓋成二層樓的建築，也有部分蓋三層樓。我記得在社會課本上有看到類似的圖片，外牆上有許多的雕塑品，看起來很有藝術氣息。不像我臺北的家，外牆僅是單調的磁磚。我發現老街這裡，有一間老房子的一樓竟然是木

門，我在電視上有看過，真的是古色古香。

「這裡就是文武路了，舊城門西門大約的位置，我先帶你去吃一碗芋頭冰。」阿公說。

「我最喜歡吃芋頭冰了，哪裡有種芋頭？」我說。

「等等我帶你去看，要飛一段時間喔。」阿公想了

一下。

吃過芋頭冰，在這種躁熱的天氣裡，感覺真是清涼啊。我們又繼續閒逛，經過一座古老的廟，阿公說那是文昌祠，大甲的孔廟，也是三級古蹟。我想起三年級校外教學也去過臺北的孔廟。我們走進去，文昌祠面積不如臺北孔廟，但是比阿嬤家

的土地公廟大多了。阿公說以前爸爸要參加考試時，他都會帶爸爸拜完媽祖後，轉到這裡來拜孔子和文昌帝君。現在，我趕快來拜一下，保佑我的考試成績突飛猛進。

走出文昌祠，阿公要帶我去看舊城門北門的大約位置，沿路逛，老舊的建築

物，卻裝上現代的招牌及看板，感覺有點不協調，還有一些攤販，賣一些名產，阿公也帶我去吃了「粉腸」，外型像香腸，只是把內餡的豬肉換成地瓜粉，一樣香Q好吃。走了一段路，終於到了順天路舊城門北門大約的位置，我們逛完老街，也走過以前四座城門的地方，但我只能想像四座城門的樣子了。

牆上的女神像

老街的盡頭，可以看到一根吐著白煙的大煙囪，矗立在眼前。阿公告訴我那是麵粉工廠，阿公牽著我靠近工廠大門口，我們沿著圍牆走，就在煙囪正下方的圍牆邊，我隱約可以看見一幅女人的畫像，雖然五官已經模糊，但身形體態仍然可以清晰的看出是一個女人的樣子。

我好奇的問：「阿公，你看！這裡有一幅女人的畫像。」

阿公緊皺著眉頭，點點頭說：「這是一個不幸的故事。」

阿公娓娓道來故事的緣由。五十幾年前，這間麵粉工廠剛設立的時候，吸引許多年輕人到這裡上班，那時候，想進麵粉工廠工作的人太多了，還要經過各種考試才能成為麵粉工廠的員工。我們村子裡的阿財叔公就是麵粉工廠的員工，退休後才跟著他學習種芋頭。

阿公說記得有一年的夏天，正當他忙著耕田時，只見大甲街上的方向，冒出大片的黑煙，隱約也可以聽到消防車急促的鳴笛聲，村裡的人猜想應該是發生火災了。不過，沒有人有能力去幫忙滅火，那黑煙不斷在天際間盤旋，一直到接近黃昏，黑煙才漸漸散去。

那天夜裡，村人在阿公家的庭院裡聊天，才知道原來是街上的麵粉工廠火災，在那兒工作的阿財叔公，被大火燒斷的鐵柱壓到腳，現在住院準備開刀。阿公說從小就和阿財叔公在一起玩，他們的感情跟親兄弟一樣，阿公聽到這個壞消息，整個晚上翻來覆去，無法入眠。

隔天一早，阿公放下手邊的工作，騎著腳踏車到街上去，他先到麵粉工廠去看看火災的災情，遠遠的就可以聞到燒焦的味道，那根大煙囪也被燒黑了，阿公心想：災情應該很嚴重。工廠大門前圍了好多人，大家你一言我一語的討論災情。阿公依稀聽到是工廠裡的鍋爐爆炸，造成這場大火。工廠裡的員工被突如其來的爆炸聲嚇壞了，隨後火勢開始竄燒，在鍋爐附近工作的員工來不及逃生，死了好多人。阿公也看到好多道士帶著穿孝服的人，到這兒來招魂，場面令人鼻酸。

阿公停留了一會兒，便騎著腳踏車離開，前往醫院探望阿財叔公的傷勢。進入病房，阿財叔公打著點滴，右腳包覆著石膏，額頭上的皮膚紅腫。阿財嬸婆在病床邊打瞌睡。

阿公輕輕的喚了聲：「財仔，財仔，我來看你啊。」

阿財叔公眼皮微微的張開，有氣無力的回答：「謝謝你，讓你跑這一趟。」

阿公不捨的說：「三八兄弟啦，我們跟親兄弟一樣，說什麼客氣話。」

阿財嬸婆被吵醒，趕忙站起來，把椅子讓給阿公坐，阿公揮揮手拒絕。緊握住阿財叔公的手說：「活著就好，活著就好。」阿財叔公眼淚順著臉頰滑了下來，阿公問了火災發生後，阿財叔公如何受傷的過程？

阿財叔公揉揉雙眼，擦乾眼淚。當聽到爆炸聲時，他正忙著把麵粉裝袋，一霎那，整個工廠漆黑一片，只見熊熊火光，大家急忙向外衝，就像當年八二三炮戰逃命一樣，但是漆黑的廠房裡，嗆鼻的黑煙讓員工根本摸不清大門的方向，急著逃命的員工撞在一起，跌坐在地上，來不及爬起來的人，就被踩死了。這時候，有一個女人，她是負責掃地的工友，拿著手電筒大聲的呼叫著，要大家跟著燈光的方向逃，所有人邊跑邊喊：「救命啊！我不想死！救命啊！」廠房裡不斷冒出黑煙，不停的發出火燒物體嗶嗶剝剝的聲音。阿財叔公逃到廠房門口，不幸被倒下的鐵柱壓住腳，只記得那個女工友，使盡全身的力氣，要把鐵柱搬開，稍微把鐵柱抬高後，因為力氣不夠，鐵柱從手邊脫落再度壓到他的腳，他痛得大叫，大叫的同時，又聽到女工友慘叫聲，他忍著痛抬頭一看，另外一根鐵柱壓在女工友的身上，後來的事他就不記得了，醒來就在醫院了。

後來，阿財叔公聽活著的員工說，女工友被鐵柱壓死了，大部分的員工因為女工友手電筒的亮光指引，才能從火場順利逃生。聽到這個不幸的消息，許多員工都不捨的掉淚。經過火災的工廠重新整建後，工廠的牆壁上不知何時就浮現出那女工友的畫像，員工也都相信，那個女工友還在默默的守護著工廠的員工。

芋頭田

離開老街，我們再度飛上天空，這次不必走路了，感覺腳有點酸，阿公要帶我去看芋頭田。阿公說芋頭田離阿嬤家還有一段路，所以飛行的時間會拉長些。在天上，看地面的火車、鐵軌、汽車、溪流及農田等，看過許多景物後，終於看到整片芋頭田了。還沒採收的芋頭田，翠綠的葉片很顯眼，用「綠海」來形容也很貼切。

我們降落到芋頭田邊，看到一個農人揹著噴霧式的肥料機，大伯父也揹過相同的機器，走在田埂上，邊走邊把噴嘴朝田裡噴灑白色的肥料顆粒。阿公要我蹲下來看芋頭的根部，仔細找，會找到芋頭上方的果實清晰可見，茂盛的葉片層層疊疊，我想如果鑽進去，應該會比站在太陽下清涼，應該也會迷路。

我問：「阿公，你以前有種過芋頭嗎？」

阿公說：「有啊，當神仙前幾年，南部有個菜販來找我，跟我說種芋頭的利潤比水稻好，也賣給我芋頭的種苗，那個菜販說種苗是高雄甲仙的，那時，甲仙芋頭的品質，全國數一數二。」

阿公告訴我臺灣芋頭的三大產地，北部是金山，中部是大甲，南部是甲仙。目前是大甲的產量最多，在市場上也大都看得到賣大甲芋頭的攤販。記得，媽媽有煮過芋頭甜湯，還高興的跟爸爸炫耀是大甲的，爸爸也很高興可以吃到故鄉種的芋頭。

「阿公，阿嬤和大伯父為什麼現在不種了？」我覺得有點可惜。

「哎呀！種芋頭要花費許多人工，一年只能收成一次，雖然利潤比較好，但不像種水稻，可以有機器幫忙。種芋頭從挖種苗到收成，全部都要靠人力，我當神仙後，你阿嬤和大伯父兩個人忙不過來，就乾脆不種了。」阿公也帶著惋惜的語氣。

芋頭田裡沒有水，我鑽進去芋頭田裡看看，裡面只見到些許的陽光，剛進去的時候有點涼意，過了一會兒，便覺得開始悶熱了，我想應該是空氣不流通的緣故，後來真的受不了了，趕緊又鑽了出來。只見阿公看著這一大片芋頭田，默默不語，我問阿公在想什麼？阿公搖搖頭沒有多說。

阿公說現在的芋頭品種都改良過了，他年輕的時候，芋頭收成的時候，田裡的爛泥，走在田裡很吃力，現在收成時，會把芋頭田的水放掉，乾的泥土踩起來輕鬆多了。還有芋頭的鬚根，以前必須用竹片在水溝邊慢慢的邊洗邊刮乾淨，現在的芋頭沒什麼鬚根，採收後簡單的用刀子稍微刮一下就乾淨了。如果採收的芋頭有爛掉的地方就削掉，賣相比較差，到市場賣的價格就差些。

阿公也很驕傲的說現在全臺灣人吃的芋頭，大部分都是大甲芋頭，他也曾經種過芋頭，芋頭讓大甲被全臺灣看見，好吃的芋頭，也被全臺灣人稱讚不已。有機會，我也要拜託阿嬤和大伯父，再種一些芋頭，我可以和班上的同學炫耀大甲芋頭有一部分是阿嬤種的。

豬圈

剛剛在芋頭田，偶爾會聞到「屎味」，讓我有點想吐。

我邊和阿公飛，邊問：「阿公，你剛剛在芋頭田那兒，有沒有聞到一股臭味？」

阿公笑著說：「喔，那是豬屎的味道，我帶你去看豬。」

我們飛到豬圈上方，看到一排排的鐵皮屋，形狀很像是我吃的千層派餅乾，不過，氣味很難聞。

我摀住鼻子直嚷著要離開，阿公不理我，直接帶我飛到豬圈旁。到豬圈旁，味道更臭了，我有點想吐，在臺北只有汽機車排放的煙味，有讓我想吐的感覺，沒想到豬糞的味道也讓我作嘔。

「哇！好多白豬喔。」我興奮的大叫。

阿公笑得很開心：「這

些豬都是你吃過的豬肉喔。」

我看到豬耳朵並不完整，接著問：「阿公，你看豬的耳朵有好幾個缺口，為什麼會這樣？」

阿公說：「那是為豬做記號，方便養豬的農民辨識豬的品種、出生的時間、打過的預防針等等。」

我摸摸自己的耳朵，接著問：「阿公，那豬做記號的時候不痛嗎？」

阿公笑著說：「當然會啊，你要不要試試看？」

我真的覺得阿公很調皮，像這時候，他怎麼會把我當豬啊，我是豬，那爸爸和阿公不也都是豬了。

豬圈裡有人正在餵豬，我們偷偷的跟著，看那個人舀起飼料，到每一個豬圈去，當他倒下飼料時，所有的白豬都迫不及待的衝向飼料桶，爭先恐後的吃著飼料。看到這個情景，難怪有時候媽媽看我用手偷拿菜吃的時候，都會罵我是豬，原來如此啊！

在豬圈待了一會兒，也不覺得臭了，那些豬用好奇的眼神看著我們，我做鬼臉嚇牠們，牠們也不怕，只是移開交會的眼神而已。

我問阿公：「以前有沒有養過豬？」

阿公點點頭，他說以前家裡會養一頭大母豬，大母豬每年都會生十幾隻小豬，等小豬稍微養大些，就可以賣了。有時候賣不出去，就留下來自己養，等養成大豬後，再賣給市場的肉商，賣來的錢可以讓家裡多一份收入。

阿公煞有其事的說：「你看家這個字，就是在房子下方養了一頭豬，才會變成家，以前村子裡，家家戶戶都會養豬貼補家用。」

阿公當起老師的模樣真有趣，記得一年級的時候，老師有說過「家」字的形成，跟阿公說的一樣，阿公真的當神仙後，變得識字，也變得有學問了。

這裡的豬看起來又肥又壯，應該都可以賣了，也許回臺北後，媽媽帶我去逛市場，會買到其中一隻豬的豬肉。看牠們活蹦亂跳的樣子，變成餐桌上的美食，想想真的有點殘忍。

乳牛牧場

看過豬後，我問阿公：「哪裡有養牛？」我剛問完，阿公馬上起飛，飛到一個也是許多鐵皮屋的地方，不過，這裡的鐵皮屋看起來比較舊，我們飛下來，眼前正是一隻乳牛正在咀嚼牧草，看牠咀嚼的模樣，上下牙齒不斷的磨呀磨，有點像我嚼口香糖的嘴型，但卻比我更誇張，也顯得樂在其中。

這裡的牧場面積大約像學校籃球場大，四周圍用木頭釘起欄杆，裡面的乳牛將近二十隻：有的吃草，有的散步，有的發呆，也有的躺在地上睡覺。看牠們無憂無慮的樣子，應該是很快樂才對。阿公說過家裡養過水牛，但水牛必須幫忙做農事，要比這些乳牛辛苦多了。

有兩個穿著白色衣服，戴上頭罩和口罩的人走過我們面前。

我好奇的問：「阿公他

們要做什麼？」

「看起來好像要採集牛奶？還是要打預防針？我們跟去看看好了。」阿公也有不懂的時候。

那兩個人走到標示著「採集室」的地方，我們尾隨進去，一進門，就有風扇從頭上對著我們吹，腳下有一池水，看起來應該到腳踝的深度，還好阿公反應快帶我飛起來，穿過水池，不然我的鞋子一定會濕掉。有一隻乳牛在一個圍有欄杆的小高臺上，自在的甩動尾巴，看牠悠閒的樣子，一點都不緊張，不像我要打針時的焦慮與不安，不過可能榨乳的過程很舒服也不一定。

其中一個人靠近牛乳房的位置，拿了紗布擦拭乳頭，阿公說那是在做消毒的動作，另外一個人就把漏斗狀的榨乳器裝在牛的乳頭上，啟動馬達，就看見連接榨乳器的透明管有白色的液體，那應該就是牛奶了。阿公說榨出來的牛奶還不能喝，還要經過消毒的程序後，才能包裝上市，也就是我們在超商買得到的鮮乳。

阿公看到乳牛有一股親切感，不斷的摸牛的身體，只是榨牛奶的人看不見我們。我猜阿公應該是想起他養的那隻大水牛了，阿公有點感嘆的說：「乳牛的命真的太好了！」我想也是，聽阿公以前說過水牛的辛苦，乳牛真是太享受了，只要負責生產牛奶就好了，不必付出什麼勞力。

看看乳牛，想想自己，我的命更好，不必做事就可以享受爸媽提供的物質，只要上學，偶爾幫忙做一點家事。我想也許乳牛更羨慕水牛，可以到田裡耕作，呼吸泥土的芬芳。至少，水牛不必一輩子被關在同一個地方，可以有機會到外面透透氣。

我問阿公：「看過牛和豬，有沒有養雞和養鴨的地方？」

「有啊！可是養雞場和養鴨場比豬圈更臭，你要去嗎？」阿公毫不考慮的說。

我使勁的搖搖頭說：「算了！算了！」

鬼屋

我怕阿公真的帶我去看雞和鴨，豬和牛的味道已經夠臭了，實在沒有勇氣接受更臭的味道了。也看過好幾個百年以上的古蹟，我想也許會有鬼屋的傳說，當我們走出採集室外的空地，我開口問阿公：「有鬼屋嗎？」阿公想了好久，忽然眼睛一亮，拉起我的手飛上天。

「在哪裡？」我帶著緊張又興奮的口吻。

「鬼屋傳說好久了，在火炎山的山腳下，離阿嬤家十幾公里，有點遠，老一輩的人到火炎山砍木頭，聽那兒的人說的。」阿公有點嚴肅。

我們再度飛在大安溪上空，溪水有點黃濁，大小不一的石頭靜靜躺在河床上，偶爾會看到採集沙石的怪手和大卡車。這次，真的飛了好久，到達山邊後，阿公要我看下方的三合院，屋頂上長滿雜草，庭院也是，還有一些小樹木。三合院旁邊沒有房子，也看不到有人走動，這樣的景象夠荒涼了，我的心跳開始加速，雖然是大白天，但也覺得有點驚悚。

「敢不敢進去？」阿公帶我急速下降到鬼屋門口。

「我想一下，我有點怕看到鬼。」我的心怦怦跳，比參加籃球賽更緊張。

在門口站了一段時間，向內觀察庭院裡的動靜，我終於鼓起勇氣拉著阿公的手往庭院走去。剛踏進庭院，一股臭味撲鼻而來，那種味道比豬屎味還臭，我忍不住吐了出來，阿公急忙拍拍我的背。

等我吐完，我問：「阿公，這裡怎麼那麼臭啊，到底是什麼味道？」

阿公說：「我想應該是各種動物和昆蟲的屍臭味，還有發霉的氣味，真的是很臭。好久沒來這兒了，年輕的時候到這附近做工，利用中午休息的時間，曾經和同伴進去探險，不過，沒有看到鬼，那時，沒有人敢在晚上來這裡，怕真的看到鬼。」

我用力的摀住口鼻，繼續向屋內前進，雜草的高度幾乎到我的肩膀，邊走邊撥開雜草，有時不小心還會撥到蜘蛛絲，甚至會吃到蜘蛛絲。走過庭院，到達鬼屋門口，阿公只用食指向門的方向指了一下，門就自動打開了，客廳的桌椅凌亂不堪，到處都是塑膠袋以及瓶瓶罐罐，神明的圖像蒙上一層厚厚的灰塵，看起來，這個地方是荒廢許久了。但從瓶瓶罐罐看起來，應該還是有人進來活動過，只是住在這兒的人不敢靠近鬼屋，所以也不清楚到底誰來過。

我問阿公是否知道鬼屋的傳說？阿公搖搖頭表示不清楚，不過他曾聽老一輩的人說過，住在鬼屋的主人原來是一個大地主，後來，沉迷賭博，田產都賭光了，只剩這間鬼屋。主人不甘心，就在客廳的大樑上吊自殺，阿公指著我頭上方的大樑，我瞇著眼抬起頭看那大樑，還好沒看到上吊的主人。我急著拉阿公離開這間鬼屋，我不想也不敢待在這裡，萬一，真遇到鬼，那我一定會嚇死。

鬼屋

教堂

離開鬼屋，再飛上天，我的腳不聽使喚的顫抖，阿公摸著我的頭，喃喃的念了許多我不懂的話後，才止住顫抖。飛這麼久有點累，我告訴阿公想回家了，阿公竟說要再帶我去「番仔廟」拜拜，我聽不懂什麼是「番仔廟」？阿公說就是基督教的教堂。

我們往阿嬤家的方向飛，要飛一段時間，飛在大安溪上，我還在想著鬼屋的情景，鬼屋的氣味偶爾會飄了過來。

我問阿公：「教堂在哪兒？」

阿公說：「就在往你爸爸讀的小學路上，在巷子底，四周圍栽種高大茂密的樹木，位置很隱密，不熟的人很容易疏忽這個地方。」

聽阿公說著說著，我們就飛到教堂正上方，四周圍真的是被高大的樹木所包圍，如果在平地上，很難發現教堂的蹤跡。教堂建築的造型有點像薑餅屋，只是灰色的屋瓦，搭配紅色的磚牆，看起來很莊嚴，我們飛了下來，站在教堂門口。門口上方有一個耶穌緊貼住十字架的雕像，在臺北我也看過教堂，但是沒有這麼近的看過，阿公說的番仔廟，比起媽祖廟來顯得冷清，只有一個管理員，在教堂外整理花草。

阿公說他年輕的時候，教堂才剛蓋好，那時候每到星期日，教堂會發麵粉給到教堂的人，好多村人都會到教堂排隊領麵粉，因而，村人都戲稱基督教是「麵粉教」。後來，等大家生活好過些了，就不去排隊了，但是，也有部分的村人改信基督教。阿公說他記得以前有幾個外國人在教堂服務，應該是神父或傳教士之類的，過了好長一段時間，外國人全不見了，只剩臺灣人在教堂服務。

阿嬤不曾帶我來過這兒，也未曾聽阿嬤說起有這座教堂，我覺得滿新鮮的。我也不敢獨自到這麼遠的地方來，只會在村子裡閒逛，找我熟悉的地方玩。其他不熟的地方，都要靠阿嬤帶我去，阿嬤很忙，也很少有機會帶我到處走，大伯父就更忙了，更不可能帶我到處玩。

教堂四周環境非常清幽安靜，在這裡，連說話的聲音都嫌太吵，我們貼著窗戶向內觀察，有一排排整齊的長條椅，很安靜也很乾淨，連玻璃都一塵不染。我相信在這兒集會的人一定很幸福，可以享受暫時的寧靜。住臺北的人一定很喜歡這裡。

阿公說信基督教的人用禱告的，不會像我們拜媽祖要燒香及燒金紙。因為風俗不同，所以村人還是習慣拜媽祖，祖先流傳下來的習俗，還是很難改變。不過，阿公也告訴我，所有的宗教都是勸人為善，希望社會變得更祥和。每個人都變善良了，好人變多了，壞人自然就會變得比較少，這樣，就不會常聽到有一些不好的事情發生。

聽完阿公說的話，我認為耶穌、媽祖、土地公甚至文昌帝君和孔子，他們都是為了保護好人的神明，也願意傾聽所有人的心事，要幫忙遇到挫折的人們，重新站起來。

祖厝

看完教堂，阿公急著拉我快飛，邊飛邊說著：「糟了，我忘記要去看我小時候住的祖厝了。」我問：「在哪裡？」阿公默默不語，加快速度向前飛。

經過土地公廟後不久，阿公停了下來，這兒是村裡房子較集中的地方，從阿嬤家走到這兒，還要一段路。阿公似乎看到了什麼，突然加速下降，我的身體往後仰差點跌倒，不知道阿公到底在急什麼？

我們鑽進小巷子，經過幾戶人家，終於看到一個比鬼屋還破舊不堪的房子，牆壁已垮了一半，屋頂也垮了一半。阿公帶我走近一看，原來，那牆壁是泥土做的，屋頂是稻草和竹片做的。我第一次看到這樣的房子，心想這種房子應該是「三隻小豬」的豬小弟住的，阿公怎會住這種房子？

阿公牽我的手，躡手躡腳的走進這間破房子，一踏進門，好多隻鳥飛了出去，我嚇得大叫一聲「啊！」。

我問阿公：「那是什麼鳥？身體黑鴉鴉的又沒有羽毛，我從沒見過。」

阿公說：「那是蝙蝠，只有在晚上才會出來活動。」

氣味依舊難聞，不過，我已經習慣這種臭味了，不再覺得噁心。廚房的大灶還放在角落，客廳和房間空無一物，可能荒廢太久了，泥土地面長滿了雜草，只到我膝蓋的高度。不像鬼屋庭院裡的那麼高大，把我整個人都快吞沒了。

我問阿公：「這種房子怎麼住啊，遇到颱風不會被吹倒嗎？」

阿公若有所思的說：「吹倒了，再蓋，再吹倒，再蓋。」

我覺得阿公怪怪的，少了笑容，說話也開始語無倫次了。我繼續纏著阿公問這間祖厝的歷史。阿公說這間房子是他的阿公請了好多工人蓋的，他像我這個年紀的時候也幫忙蓋，光是製造土磚，他們就在田裡忙了快一個月。那年冬天，等水稻收成後，收集了許多的稻草，在田裡挖了好多土，加入碎稻草、粗糠和水攪拌，好像是和麵粉一樣。然後再把和好的泥土填進土磚的木模型裡，等土磚乾了再取出來，慢慢的把房子的牆砌起來。屋頂用的竹子，就是在稻田邊的竹林裡拿回來的，大的竹子當成屋頂的支架，再把其他較小的竹子削成竹片和竹繩，綁住一束束的稻草，屋頂就完成了。

我很好奇，下雨的時候怎麼辦？追著問阿公，他說雨水會順著屋頂上的稻草流到地面來，泥土磚也會吸收雨水，遇到颱風的時候，有時候屋頂會整個被掀開，泥土磚負荷不了豐沛的雨水，抵擋不住強風吹襲時，也會垮掉一部分。只好躲在屋內淋雨，忍受強風吹襲。等颱風過了，重新修補損壞的屋頂和土磚牆。阿公說在他的印象中，每年颱風一過，都要全家總動員，修理這間祖厝，直到他有能力蓋了現在的三合院，才不必每年都這麼辛苦。

阿公望著傾倒的祖厝發呆，他的眼眶泛著淚。

九張犁大圳

看阿公落寞的樣子，我也有點難過，相處的時間雖然不長，但我的身上也流著他的血液，看完祖厝後，我更可以確認他是我的親人了。離開祖厝，我們走到村尾的大圳，這裡的水流相當湍急，也比阿嬤家附近的水溝要來得深。

阿公牽著我的手，漫步在大圳旁的小路上，大圳分支出許多小水溝，連接到各農田去。

我問阿公：「這條大圳是做什麼用的？」

九張犁大圳

阿公說：「這條大圳灌溉了九張犁村所有的農田，也算是大安溪的分支，是九張犁村的祖先們建造的。」

阿公接著說每年的插秧期，為了搶灌溉的水源，必須半夜起來「顧田水」，大圳的水分流到各農田的灌溉水溝，越接近水溝上游的農田較有利，可以先取得灌溉用水。不過大家有個默契，不可以完全把水溝堵住，全部引水進自己的田裡，要留一點縫隙，讓水慢慢往下游的農田流，這樣大家才都會有水可以用。

輪流灌溉的默契，讓每個人的農田可以順利耕種，但總會被不守規矩的人破壞。有人為了快速取得灌溉用水，會利用半夜，把靠自己農田旁的水溝全部堵住，讓多餘的水無法向下游流動，很快的就會灌滿自己的農田。經過幾次後，就會有其他人利用半夜，沿著水溝把堵住水溝的石頭和磚塊拿走，才可以讓水繼續向下游流，萬一恰巧遇到堵住水溝的人，就會起衝突，嚴重的話甚至會拿起鋤頭互相攻擊。

聽了阿公這番話，我有點緊張，急著問阿公：

「那你以前有沒有因為這樣和別人起衝突？」

「有啊！你看我的額頭有個小疤，就是那時候為了搶灌溉用水和人起衝突所受的傷。」阿公比著額頭的傷。

「衝突過後呢？」我問。

「後來，大家半夜起來顧田水，萬一遇到自私堵住水溝的人，會先口頭上溝通，互讓一步，留點縫隙讓水繼續往下流。不過，如果真的不講理，大大小小的衝突還是繼續存在。」阿公說。

我心想半夜起床，不是很累嗎？要是我一定會很想睡覺，為什麼不排定灌溉的時段，就像我們運動會練習表演節目一樣，每個年級依照學務處排定的時段到操場練習，就不會有爭搶場地的事情發生了。不知道阿公他們以前為什麼不這樣做？如果我生在那個年代，我一定會建議大家先排定輪流灌溉時段，讓每個人的農田都有水用。

真沒想到，大人也會因為搶水起衝突，每次，我和同學搶躲避球玩，都會被老師處罰，如果像阿公他們這樣起衝突，那一定不可收拾了。開學後，我要告訴同學們這個故事，希望不要再為了搶躲避球傷和氣。

毛蟹窟

沿著九張犁大圳走，會經過一座樹林，大圳會形成一個彎潭，潭底很深，從水面向下看，根本就看不到潭底。我們駐足在潭邊，水流會形成大小不一的漩渦，我故意丟了一片樹葉下去，馬上就被漩渦捲到水底。我想如果大一點的漩渦，應該也會把人捲進水裡。

「阿公，你看！有螃蟹。」我驚奇的看到螃蟹爬在潭邊的石縫外。

「你說的螃蟹腳上和大螯有毛，我們叫毛蟹，不只毛蟹，還有蝦子和一些小魚，你注意看！」阿公得意的說，手指著潭邊的石縫。

我朝阿公手指的方向看，果然看到許多蝦子和小魚。

我問阿公：「你有到這兒來抓過毛蟹和魚蝦嗎？」

「像現在水那麼深，比

較不好抓，以前有人用毒藥來毒魚，把整條大圳的生物都毒死了。後來，毒魚的人被村人罵到臭頭，從那以後，就沒有人敢再毒魚了。等到接近冬天枯水期，這裡的水只會到我的膝蓋高左右，那時候，就可以利用網子來抓魚蝦。」阿公說。

我問阿公怎麼抓毛蟹？阿公告訴我等到大圳的水位再低一些，大概到腳踝的位置，毛蟹無法再躲藏原來有水的石縫內，就會開始搬家，尋找有水的石縫居住，那時候，只要踩在潭底的石頭上，有時也會不小心踩到毛蟹。可想而知毛蟹的數量真的是多到數不清。阿公回想著，每年的枯水期，好多村人到這兒來抓毛蟹回家吃，以前的人，生活物質較缺乏，總會想辦法到這兒，抓些毛蟹和魚蝦回家加菜，反正也不必花錢，只要花一點點的時間。

「這裡叫毛蟹窟，就是形容毛蟹數量很多的意思。」阿公說。

「那你們抓過最多的毛蟹數量有多少？」我問。阿公想了好久，比了比手指頭說：「大概有五個裝肥料的袋子。」

我想想五個肥料袋裝了毛蟹，數量應該超過

三百隻，果然是「毛蟹窟」我比較好奇的是抓了那麼多的毛蟹，回家後怎麼料理。

我問阿公：「抓回家的毛蟹要怎麼處理？」

看阿公可得意了，他說先分送給左鄰右舍，剩下的毛蟹給爸爸他們四兄弟倒在庭院裡玩，等玩膩了，再一隻一隻抓到袋子裡。阿嬤會把毛蟹抓到一個大網子裡，然後用清水不斷的沖洗，直到阿嬤認為已經乾淨了為止。

阿嬤先在大灶裡生火，把洗乾淨的毛蟹全部倒進大鍋子裡，立刻蓋上鍋蓋，毛蟹受不了熱，在鍋裡不斷的掙扎，陸續聽到蟹腳摩擦鍋子的聲音，直到聲音漸漸消失。這時候，就知道毛蟹已經全部煮熟了。阿嬤掀起鍋蓋，滿屋子的蟹香味，拿起大杓子一杓一杓的把煮熟的毛蟹裝進好幾個盤子裡，就當成「下午茶」享用，阿公和阿嬤以及爸爸四兄弟，人手一隻毛蟹，吃得津津有味。

我吞了吞口水，好希望可以吃到阿公抓的毛蟹。

阿公的墳墓

飛了那麼久，說真的有點累了，我看阿公精神還是很好，因為他是神仙，一點兒也不覺得累，雖然阿公說我也算是半個神仙，但總覺得有點想睡覺。

我告訴阿公：「什麼時候帶我回阿嬤家？」

「嗯……我再帶你去看我的家，看完就帶你回阿嬤家，好不好？」阿公的語氣有些感傷。

我點點頭，阿公帶我離開毛蟹窟，飛向天空。

起飛的剎那，差點被樹枝卡住，還好阿公技術不錯，一個轉彎就閃過樹枝的阻礙了。飛在天上，毛蟹坑被幾棵大樹完全遮蔽了，這兒很陰涼，又有豐富的食物，難怪毛蟹喜歡在這裡生活。經過無數的田野和道路，也經過阿嬤家上方，飛過縱貫路，一下子就到了一片小山丘，往下一望，果然好多隆起的土堆，阿公說這兒就是公家設立的墳墓，向下飛，墓碑越來越清楚。阿公仔細尋找他的「家」，找了好久，他說這裡變化太大了，他記得家旁有一棵大榕樹，那棵大榕樹被砍掉了，害我們迷路了，阿公不死心，乾脆飛下來，和我慢慢走慢慢找。

沿途經過許多墳墓，阿公會遇到熟悉的村人，一會兒說這是隔壁的叔公，一會兒又說是隔壁村的嬸婆，其實我都沒見過。阿公要我注意別踩到墓地，怕對住在墓地裡的人不敬，更不可以踩到墓碑，阿公說墓碑就像一個人的臉，萬一踩到了，怕會有不好的事情發生。

「阿公，到底找到了沒？」我的腳有點酸。

「哎呀，我怎麼會找不到自己的家呢？」阿公很懊惱。

阿公向遠方看了看，站著發呆。然後又想起什麼似的，帶著我繼續走。

「到家了，終於到家了。」阿公開心的笑了。

「阿公，你的名字好長喔，顯考何公強五個字。」我問。

「不是，顯考和公的意思是對死人的尊稱，我叫何強。」阿公笑著說。

我看那墓碑上的字，原來的漆已經褪了許多，應該很久了，不過墳上的草看似修剪過的樣子。

我問阿公：「當初怎麼沒有選擇火葬？」

阿公想起自己彌留的那一刻，他躺在客廳兩張長凳架起的床板上，阿嬤和爸爸四兄弟哭得死去活來，阿公說原本我的爸爸提議要給他火葬，阿嬤卻極力反對，還罵我爸爸沒良心，說什麼阿公已經死了，還要用火燒，那不是又要再痛一次。阿公說他有聽到阿嬤很生氣的罵爸爸，所以就決定用土葬的方式。阿嬤甚至還說等她死掉後，才能用火葬的方式，並且要幫阿公撿骨再燒成骨灰，阿嬤要和阿公住在同一個靈骨塔。阿公聽到這個，沒有力氣反駁，但也感動得流下淚來，阿嬤看見阿公眼角的淚珠，還要爸爸他們兄弟看清楚，說阿公也同意阿嬤的說法。

我懷疑的問：「那你睡在這裡，不是也會被蟲咬嗎？」

「對啊，搬到這兒後，每天都有不同的蟲在咬，有點癢又有點痛，很不舒服，早知道這樣，當初就燒一燒，只要痛一次，不必忍受那麼多次的又痛又癢。有機會，我一定要念念你阿嬤。」阿公呵呵的笑著。

「阿公，那你住這兒會不會很無聊？」我追問。

「不會啊，你看隔壁都是我們村子裡的人，也是我兒時的玩伴，我們每天都在一起玩，有時聊聊天，有時到天上去逛一逛，只是無法每天看到阿嬤和你爸爸四兄弟。」阿公說。

我繼續問：「那要何時才能看到阿嬤和爸爸他們四兄弟呢？」

「每年的清明節，就是我和他們見面的時候了，他們會帶著豐富的祭品，都是我喜歡吃的食物，阿嬤還記得我喜歡吃花生，都會帶一大包來，我也會和其他好朋友分享。」阿公說得好輕鬆。

清明節？我聽得一頭霧水，因為爸媽都要我在家拜祖先就好，禁止我來墳墓這兒，說什麼怕卡到陰之類的，所以我從來沒到過阿公的墳墓。沒想到阿公死後住的地方這麼簡單，不過看他也住得很開心。我在想：如果一個墳墓是一個房子，這裡可是比村子裡熱鬧多了。

阿嬤的三合院

離開阿公的家，我真的好想阿嬤，我要求阿公帶我回家，阿公有點不捨，卻也拗不過我的堅持，他牽著我的手再度飛上天。

我們順著到阿公家的路往回飛，縱貫路的車感覺變多了，原來往大甲街上的路上開始塞車了。一看到三合院，我們立刻飛到庭院中，老黃狗原來還安穩的睡在客廳大門前的走廊上，看到我們立即搖著尾巴走了過來，我和阿公摸摸老黃狗的頭，老黃狗高興的又叫又跳。我立刻衝進客廳，大聲叫：「阿嬤！阿嬤！」可是卻沒有回應，猜想阿嬤應該到菜園或田裡忙了，我肚子好餓，顧不得阿嬤在哪兒，趕快拿冰箱裡的布丁吃，一連吃三個，才覺得吃飽了。

聽阿公以前說過，這間三合院是阿公花錢找人蓋成的，站在客廳來看三合院的房屋配置，客廳左右各一間房，我和阿嬤睡左邊那一間，總共三間房。客廳這一排房子的左右兩側各蓋了三間房。阿公說以前的三合院的房屋配置是有意義的，客廳這一排房子由三個房間排成一排，稱為「正身」，出入口在中間。中間是正廳，供奉祖先和神明，依循著左大右小的規則，正廳的左邊是第一大房，要給家族中位階最高的人住，阿公還沒死的時候，就是和阿嬤住在這一間。右邊是第二大房，給家族中位階第二高的人住，以前是給大伯父他們一家人住的，直到他們搬到鎮上去，才空了下來。

阿公也說三合院的建築分為「正身」與「護龍」，正身大部分是「五間起」，也就是蓋五間房的意思，中間為正廳，奉祀神明、祖先神位及辦理婚喪喜慶的用途。左為大房，右為二房，正身兩側分別向前各建五間「護龍」。不過，阿公沒有那麼多錢，只能蓋成現在的樣子，正身、護龍各「三間起」，也就是各蓋了三間房，所以阿嬤家的三合院，一共有九間房，面積可要比我臺北的三房兩廳要大上好幾倍了，我喜歡回到這兒，可以到處跑，光是庭院就比我家大上好幾倍。還

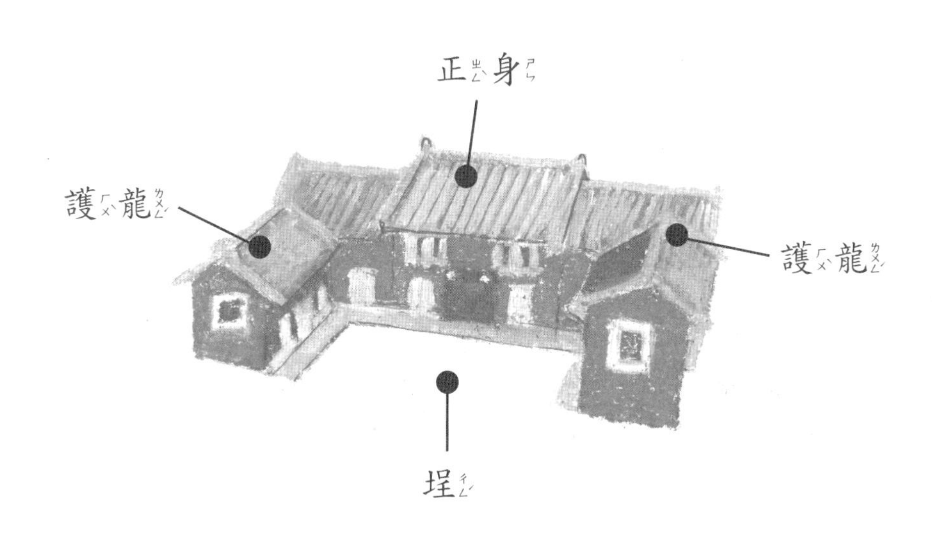

有稻田、菜園、村莊……

我拉阿公到沙發上來坐一下，好久沒有坐在這麼舒服的沙發上了，腳真的好酸，比跑完大隊接力還要酸。

我從沙發上跳了起來：「阿公，我怎麼不見了？」

「啊？你不見了？你不是在這裡嗎？」阿公一臉狐疑。

「我剛在這裡睡覺啊，我的身體呢？」我開始急了。

阿公也摸摸頭努力的想我說的話，然後說：「我想起來了，我只牽你的靈魂離開，你的身體還留在沙發上的呀，怎麼會不見呢？」

「阿公，怎麼辦？我不見了，阿嬤一定會很擔心。」我哭著說。

只見阿公叫了老黃狗過來，阿公說著我聽不懂的話，老黃狗間歇的吠了吠，他們像是在聊天的樣子，聊了一會兒，阿公的嘴角帶著笑意，過來抱住我，大笑著說：「你被送到醫院去了，別緊張！」

「為什麼？」我也不明白阿公到底在說什麼。

阿公笑著說：「剛才，老黃狗說你躺在沙發好幾個小時，動也不動，不管阿嬤怎麼搖你，就是搖不醒，摸你的鼻孔還有呼吸，嚇得趕快打電話給你爸爸，你爸爸就叫阿嬤打一一九，叫救護車把你送到鎮上的醫院。所以，你的身體現在應該在醫院裡了。」

「那怎麼辦？我們趕快去醫院找我的身體。」我急著說。

阿公也急了，牽起我的手快步走出客廳，雙腳一蹬，我們就飛到天上去了。我催促阿公飛快點，怕晚到醫院，我的靈魂就無法進入我的身體，那我就真的死了。到時候，爸爸和媽媽一定會難過極了，阿嬤也會哭得很慘，還有那隻老黃狗應該也會捨不得我死去。我學校的老師和同學，一定也會為我辦一場班級的追思會，寫慰問卡片給爸爸和媽媽，不知道我暗戀的女生會不會為我哭泣？想了這麼多的事情，我們便飛到醫院門口了，阿公帶我從急診室走進去，匆忙找我住院的病房，看起來並不好找，阿公掐指一算，我們搭電梯到六樓，找到小兒科病房，我記得病房房號是601，跟我學校的班級竟然一樣，真是太神奇了。

我們站在病房門口，看見阿嬤正為我擦臉，我的手上插了針頭，正在打點滴，爸爸和媽媽站在床邊，媽媽的眼淚不停的流下來，我看了都一陣鼻酸。我們走進去，看阿公接下來怎麼做？我要活下去啊！

醫院道別

阿公帶我走進病房，我看著躺在病床上的自己，看著阿嬤憂愁的表情，媽媽靠在爸爸的肩膀上哭得很傷心。我這次可闖大禍了，不知道我醒來後，會被罵得多慘啊！也不知道該怎麼和他們說是「阿公帶我飛」的這件事情，會不會被他們當成我瘋了？算了，還是硬著頭皮說好了，反正阿嬤也常常說誠實才是好孩子，爸爸和媽媽也說過要我不能說謊。這次，真的是我不告而別，我願意接受他們的責備。

我拉拉阿公衣角：「阿公，快點讓我回到我的身體，我想活下去！」

阿公說：「好啊，別急，等等就好了。」

接著，阿公念了一串咒語，厲害的是阿公竟然不會結巴，要是我演講比賽可以像阿公這麼厲害，早就前三名了，這是我應該向阿公學習的地方。等阿公念咒語的期間，我覺得有一股力量，慢慢的把我推進躺在病床上的我，而且是從頭部的地方，我猜想應該是要進入我的身體了，真的好高興，我又要活過來了。等阿公停止念咒語，我輕輕的開口說：

「阿嬤、爸爸、媽媽，我想喝水，肚子好餓。」

「憨孫仔，你終於醒過來，阿嬤快要煩惱死了。」阿嬤哭著說。

「你到底怎麼了？我們很擔心你會不會死掉？」媽媽也跟著哭。

「啊！都是阿公啦，帶我到處飛。」我有點委屈的說。

「胡說八道，阿公死那麼久了，還會帶你飛，你又在說謊了。」爸爸的語氣急促，感覺他好像在生氣的樣子。

我看了站在床尾的阿公一眼，我就知道，我說了，他們一定不相信。我吃力的爬起來，阿嬤幫我把床搖起來，讓我坐躺得更舒服些。

「阿公在那兒，不信你們問他？」我大聲說。

「憨孫仔，你是在說什麼？阿公死很久了，你還在說謊，真是的。」阿嬤好像也生氣了。

「真的！真的！我沒騙你們。」我也急了。

我再看看阿公說：「阿公，你也說一下話，證明我沒說謊。」

阿公搖搖頭說：「我是神仙，就算我說話，他們也聽不到。」

此刻，我覺得無助，怎麼連唯一的證人都沒辦法為我說話，我開始怪起阿公了，都是他硬拉著我到處飛，現在跳到黃河也洗不清了。算了，我也不想解釋了，反正，阿公不出聲，我說的話沒有人會相信的。偷瞄到阿公在偷笑，我就知道阿公真的幫不了我了。我心想快轉移話題吧，我回過頭告訴媽媽說我想吃布丁，媽媽立刻走出病房，應該是去幫我買了。阿公向我揮揮手，似乎要跟我道別，我也向他揮揮手：「阿公，再見，下次有空再帶我飛喔。」

說出這句話同時，爸爸瞪著我，阿嬤也摸摸我

的額頭，他們真的都不知道，阿公真的向我揮手再見這件事，我只好默默的繼續向阿公揮手說再見，看著阿公鑽出窗戶，向天空飛去。

國家圖書館出版品預行編目資料

阿公帶我飛 / 何元亨 著 --初版--
臺北市：博客思出版事業網：2014.11
ISBN：978-986-5789-29-9（平裝）

1.何元亨 2.傳記
859.6 103013749

青少年叢書 2

阿公帶我飛

作　　者：何元亨
美　　編：諶家玲
封面設計：諶家玲
執行編輯：張加君
出 版 者：博客思出版事業網
發　　行：博客思出版事業網
地　　址：臺北市中正區重慶南路1段121號8樓14
電　　話：(02)2331-1675或(02)2331-1691
傳　　真：(02)2382-6225
E—MAIL：books5w@gmail.com
網路書店：http://bookstv.com.tw/
http://store.pchome.com.tw/yesbooks/
博客來網路書店、博客思網路書店、華文網路書店、三民書局
總 經 銷：成信文化事業股份有限公司
劃撥戶名：蘭臺出版社　帳號：18995335
香港代理：香港聯合零售有限公司
地　　址：香港新界大蒲汀麗路36號中華商務印刷大樓
C&C Building, 36,Ting, Lai, Road, Tai,Po, New,Territories
電　　話：(852)2150-2100　傳真：(852)2356-0735
總 經 銷：廈門外圖集團有限公司
地　　址：廈門市湖裡區悅華路8號4樓
電　　話：86-592-2230177
傳　　真：86-592-5365089
出版日期：2014年11月 初版
定　　價：新臺幣280元整（平裝）
ISBN：978-986-5789-29-9